再见，平成时代

［日］新井一二三 著

上海译文出版社

目录

给即将来临的新时代

我还清楚地记得1989年1月7日早晨的情景。当我睡醒走下楼来，父亲就说：天皇去世了。顺便看看已开着的电视机，不仅平时播放的节目连广告都全给取消，也完全没有了背景音乐。电视屏幕的这边和那边，都安安静静，大家都不知该说什么好，也不知该有什么感觉才对。并不是全体日本人都难过不堪，毕竟天皇患病许久，而且是八十余岁老寿星，瞑目往生不属意外。但是，在整个社会上，还是弥漫着一种虚无感。跟裕仁天皇一起，我们的昭和时代已过去了。即将开始的是什么时代，暂时还不晓得。

几个小时后，当年的官房长官小渊惠三对着电视镜头，拿张纸牌宣告：新的年号是"平成"。

平成？？？？

第一反应就是不习惯。如果当天举行民意调查或国民投票的话，相信很多人都会投反对票，因为就是不习惯。然而，我等老百姓对年号一级的国家大事，根本没有话语权。年号是早几年开始，日本政府委托东京大学等的几位汉学泰斗提出候补名单；最后于天皇去世当天，再召开专家会议，所推荐的新年号案，由当时的竹下登首相以及众参议院正副议长予以同意，正式决定的。"平成"两个字，取自中国古代《史记》中的"内平外成"和《书经》中的"地平天成"。可见，当日本人需要正统这回事，能依靠的就只有中国古典。

当年的我旅居加拿大，乃元旦假期在日本，恰巧碰上了改元。回到加拿大上学，有位老师不知道班上有个日本人，对电视上看到的国际新闻随便发表意见说：一个跟自己无缘无故的老人去世，竟有很多人感到难过流眼泪，而且还听说要为葬礼花一笔巨款也限制交通等，实在荒谬，你们说对不对？我作为年轻一代的日本人，对裕仁天皇的去世，不会感到难过流眼泪，可又不是完全没有感觉，还是觉得失去了一个曾经属于自己的什么。

转眼之间，三十年时光过去了。老实说，我对"平成"这个年号一直不大习惯，虽然也并不怀念之前的昭和时代。右派政治家把裕仁天皇生日改为昭和日，我觉得大不必要。曾经年轻的时候，我思想"左"倾反对天皇制；因为它跟民主主义的原则相冲突，而且裕仁天皇对战争给日本人以及其他国家人民造成的损害没负责任。年长以后，思想变得复杂一点；虽然对天皇制并不是无条件赞成，但是传统有传统的意义，一旦废止了再也不可能恢复，既然如此何不珍惜。还有，这些年来，明仁天皇、美智子皇后为了慰问战争中的受害者，远路去交流、悼念、祈祷。两位对日本这国家肩负的责任感，显然没有一个政治家比得上。在国内，每次有什么灾害，两位也一定赶到现场低头，叫人觉得不容易。当他们提出生前让位的希望时，大多数国民都觉得该尊重两位的意愿，只有右派扬声反对。可见，右派要拥护的是制度而不是人。

我的两个孩子都在平成时代出生。做母亲的觉得稍微亏心：未能为他们创造好一点的今天。不过，冷静考虑，平成也不是一无是处的。比如说，我们永远不会忘记的SMAP。在落差日趋悬殊的时代里，我们至少有过大家能合唱的《世界上唯一的花》。虽然在日本，女性的社会地位仍旧低迷，可是我们也有了新一代的女性作家。她们再也不靠伟大父亲的名字，可说白手起家，为奋斗中的读者群众，不从高处而脚踏实地，写出鼓励加油的文字。再说，我们也不会忘记在里约热内卢奥运会上活跃的女选手们。

即将来临的新时代里，日本皇室能否持续，目前还是一个大问号。为了持续，只好改变。皇室的问题其实就是整个日本社会的问题。我曾经是反对天皇制的"左"倾青年，如今倒觉得：把古老传统持续到今天是日本人的福气。明仁天皇和美智子皇后身体力行建立了平成式开明理智的日本皇室。他们亲手带大的德仁亲王，以及他亲自求爱的雅子妃，需要一方面推行改革，一方面保持传统。考虑到雅子妃的病情还不稳定，前途并不明朗。但是，在整个日本的前途也并不明朗的今天，皇室的现状，越看越像战后宪法所定义的天皇地位：国民统合的象征。不是吗？

卷一

皇室物语

天皇的紧急求救信号

天皇的真实姿态与声音第一次在电视上公开播放，叫许多日本人衷心惊讶。

2016年8月8日下午3点，当时八十三岁的日本天皇明仁在电视上表示：近来感到年迈老化，身心健康不如从前，故希望在有生之年，从天皇的位子退下来，把职位让给儿子。那是天皇的真实姿态与声音第一次在电视上公开播放，叫许多日本人衷心惊讶。虽然天皇跟别人说话或者在集会上致辞的声音之前也播放过很多次，但是通过电视直接向全体国民表达自己的想法，倒是他二十七年前登基以来的"平成"年间不折不扣的第一次。

当时，稍有历史知识的人都想起了1945年8月15日正午的"玉音放送"，即他父亲前天皇裕仁通过电台广播向全体日本人传达了国家已经战败，为了避免民族绝灭，向同盟国无条件投降的消息。姜文的《鬼子来了》和侯孝贤的《悲情城市》都把那次的广播放入了电影情节里。想起那么久以前的历史事件，不外是因为在后来的七十多年里，再也没有过类似的例子。

不少人甚至想到：明仁天皇这次的行为到底有没有《宪法》根据？算不算违反《宪法》？因为《日本国宪法》第一章第三条就规定：天皇有关国事的一切行为，需要内阁的咨询与承认，并且由内阁对此负责。然而，8月8日的电视发言，显然省略了内阁的咨询与承认，直接由天皇亲信跟公共电视台联系，定好了播放时间以后，也叫所有其他电视台同时播出早一天已准备好的录影内容。

再说，根据《宪法》以及有关法令，天皇职务是终身的，去世以后才由皇太子继承其地位。如果因病等事由不能执行职务，则可以设置"摄政"。但是，生前退位是在法律规定之外的，免得发生天皇被任何政治势力迫使退位的情况。若要按照他本人的希望生前退位的话，则需要另定法律了。这一点似乎无疑违背《宪法》第一章第三条的规定。

尽管如此，日本甚少有人对明仁天皇的"越轨行为"抱有反感，原因有二。

首先，他跟美智子皇后过去几十年来的所作所为，尤其是他们夫妻对侵略战争的反省、对和平宪法的拥护，以及对历次灾民的慰问，博得广大国民的支持和称赞。尤其是安倍晋三首相上台以后，他的右翼意识形态叫不少日本人吃不消，相比之下，天皇和皇后体现的思想显得中肯温和很多。

结果，连本来反对天皇制的左派人士，都开始公开支持天皇和皇后了。例如，著名的法国思想专家内田树，就出了一本书叫做《街场天皇论：我为何成为了天皇主义者》。换句话说，现时日本，几乎全民一致地支持天皇和皇后；跟对此问题国民意见曾激烈分化的他父亲裕仁天皇时代非常不一样。

第二，多数日本人担心除非采取大胆措施，日本皇家在不远的将来就会消灭。然而，安倍首相要看以"日本会议"为首的极右势力脸色，视这问题为烫手山芋，结果长期怠慢，加深了天皇、皇后的精神压力。天皇主动表示要生前退位，等于迫使政府以及国会修改有关条例。国民理解天皇的电视发言有紧急求救信号的意思，在皇室和政府显然对立的局面下，要站在天皇和皇后一方。

皇室面临消灭危机？

经第二次世界大战以后同盟国占领军主导的改革，日本皇家的规模已经缩小到极点：目前只有前任和现任两位天皇的直系子孙及其配偶，总共十八个人而已。其中，有资格当天皇的男性皇族仅有四个，分别为：明仁天皇的弟弟常陆宫正仁亲王、长男皇太子德仁亲王、次男秋筱宫文仁亲王以及长孙秋筱宫悠仁亲王。前任裕仁天皇是四兄弟的长男；现任明仁天皇则是两兄弟的长男，但是原先另外三个堂弟都有资格当天皇，只可惜他们都先走了一步。即将成为新天皇的德

昭和天皇*　＝　香淳皇后*

秩父宫雍仁亲王*　＝　秩父宫妃势津子*

高松宫宣仁亲王*　＝　高松宫妃喜久子*

三笠宫崇仁亲王*　＝　三笠宫妃百合子殿下

天皇陛下（明仁）　＝　皇后殿下（美智子）

正仁亲王殿下（常陆宫）　＝　常陆宫妃华子殿下

秋篠宫文仁亲王殿下　＝　秋篠宫妃纪子殿下

皇太子殿下（德仁）　＝　皇太子妃殿下（雅子）

宪仁亲王*（高圆宫）　＝　高圆宫妃久子殿下

宜仁亲王*（桂宫）

宽仁亲王*（三笠宫）　＝　妃信子殿下（三笠宫）

悠仁亲王殿下

佳子内亲王殿下

真子内亲王殿下

爱子内亲王殿下

绚子女王殿下

承子女王殿下

瑶子女王殿下

彬子女王殿下

资料来源：日本宫内厅网站（*号表示已殁）

仁皇太子却唯有一个弟弟秋筱宫，而完全没有堂兄弟。到了再下一代，因为皇太子只有一个女儿敬宫爱子内亲王，根据现时法例，将来能当上天皇的只有秋筱宫的长男悠仁亲王一个人。

日本皇室面临消灭危机有几方面的原因。原同盟国主导的改革是其中之一。为防止日本以皇族为核心而再走军国主义的道路，在盟军占领下的1947年，除了天皇直系的亲王家族以外，之前属于皇室的十一个家族共五十一个人被迫脱离皇籍，成为平民。如果那五十一个人没有离开皇室而顺利娶嫁添丁，今天的皇位继承人不会只有仍年少的秋筱宫悠仁亲王一个人。

其实，直系男子继承制本身可以说是危机的一个重要原因。如果抛弃性别歧视性质的条款而让女性皇孙都拥有皇位继承权的话，那么目前就有三个内亲王和几个女王，应该能够把危机拖延至少几十年。然而，"日本会议"等极右势力，以守护传统之名，坚决反对女性当天皇，也不肯承认女系天皇，即让内亲王的儿子当下一代天皇。

日本皇室多层面的困难

另外也有社会价值观的变化。直到裕仁天皇的父亲一辈，日本皇室曾有侧室制度。如果哪个皇后不能生儿子，侧室生的孩子也一样可以继承皇位。大正天皇就是明治天皇和一名女官的孩子。然而，20世纪以后，皇室开始被视为平民百姓家庭的典范，其中就包括一夫一妻制的贯彻。

尤其到了明仁天皇和美智子皇后的一代，当年二十出头的皇太子跟平民实业家之女儿在高级避暑地轻井泽的网球场彼此认识、培养感情的过程，广泛在大众媒体上报道，成为全日本无人不知的爱情神话。谁料到，那种显然受西方影响的"皇室罗曼史"，反过来使得两位的长男皇太子德仁亲王成年以后找对象很不容易。在全体日本人都期待新版"皇室罗曼史"的情况下，他不能走古老东方式的相亲一条路而叫大家失望，非得谱写出跟父母一样自由浪漫的恋爱故事不可。然而，另一方面，日本的大众媒体也向来仔细报道，从平民家庭嫁入皇室的美智子皇后，结婚以后，在高墙之内的东宫御所，被孤立起来受了多少霸凌，因而患上了失声症、带状疱疹等一系列疾病。"面粉厂的女儿"曾是常听见的皇后绰号，不外是因为她父亲是日清面粉公司的老板。那些真实版宫廷剧的报道吓坏了下一代的皇后候选人。她们嫁的嫁，跑的跑，根本不把皇太子当作钻石王老五。何况德仁亲王其人，虽然憨厚老实，但是外貌平平，一点都不像弟弟文仁亲王：他从大学时代起，就亲自开着德国甲壳虫车到处跑，还把头发剪成披头士模样，显而易见是名副其实的花花公子，果然比哥哥早结婚。

可见，日本皇室所面对的困难是多层而且全方位的。一方面有美国等国根据政治盘算而限制其规模，另一方面有国内的极右势力反对女性天皇以及女系天皇；他们主张让七十年前脱离了皇籍的五十一人之子孙回到皇室，却遭到广大社会群众的反对，今天的日本人已经不能接受光天化日下的性别歧视以及血统主义。传统的侧室制度不再被接受，媒体和国民却期待着迪士尼卡通片灰姑娘一般浪漫的爱情故事；只是当灰姑娘真正嫁入御所以后，大家都等不及开始尽情说坏话，直到精神科御医诊断说：由于适应障碍症，需要休养一段时间。美智子皇后患上一系列疾病早已遍体鳞伤；雅子皇太子妃则一请病假就是好几年。

对于日本皇室所面对的困难，明仁天皇比谁都清楚。他要生前退位，是为了把自己和美智子皇后过去二十七年来细心建设的"平成式皇室模型"顺利地让皇太子夫妻接手。如今，连平民百姓爷爷奶奶都流行搞"终活"，即生前就把自己的后事准备好，何况一代又一代地被各种政治势力利用过来的天皇与皇后！

被称"吉米"的明仁天皇

> 每次自然灾害发生，天皇、皇后都在第一时间赶到灾区的避难所去，还往往在地板上跪下来，以跟老百姓平起平坐的姿态，安慰一个又一个灾民。

明仁天皇1933年12月出生，比我父亲（1934年2月出生）只大两个月。美智子皇后1934年10月出生，比我母亲（1935年10月出生）大一年整。两对夫妻都于1959年结婚。天皇家的长男德仁亲王1960年2月出生，跟我哥哥（1959年11月出生）只差三个月。我上高中的时候，德仁亲王就读高中三年级。虽然彼此学校不一样，但是在两所学校之间有定期的体育比赛；那一年德仁亲王是学习院高级中学网球队的队员，没有比赛的时候，还在帐篷下的小卖部卖可口可乐，很是亲民，平民化的。

小时候，母亲常说："美智子妃跟我身高、体格都差不多。她穿过的衣服，若能给我的话，应该完全合身的。不给衣服，光是她戴过而不要再戴的帽子就有很多吧。会不会让给我呢，如果我写信过去的话？"估计她是在说梦话，实际上并没有写信过去。尽管如此，平民家庭出身的美智子妃，叫底层老百姓的我母亲都觉得那么亲近。无论我母亲多爱做梦，也不会梦到向美智子妃的婆婆即裕仁天皇的夫人要旧衣服、二手帽子的。

说实在，裕仁天皇的夫人叫什么名字，很少有日本人知道。她健在的时候，我们都只叫她"皇后"；不在了以后，又叫她"昭和皇后"，用的是裕仁天皇在位时期的年号。如果说到"良子皇后"，估计多数人反而不清楚究竟是谁了。都是因为传统上，日本受中国文化的影响，有避讳的习俗，不敢叫贵人的本名。相比之下，日本传媒称明仁天皇的夫人"美智子妃"，一般人则叫她"美智子桑"，跟在平民百姓朋友之间的称呼完全没有分别，个中根本没有避讳可说。毕竟，她是平民出身，而且时代环境变化了。如今日本是民主国家，而非君主制。根据同盟国占领军拟稿的《宪法》，日本的主权在于国民，天皇则是"国民统合的象征"，犹如国旗、国徽一样。

再说，"美智子桑"本人思想很开放，竟把幼年时代的德仁亲王称为"德酱"（阿德）。那也可说是破天荒的历史事件。虽然是亲生儿子，将来一定要当天皇的人，传统上绝不可以阿某阿某地叫的。美智子妃是富有实业家的女儿，从小学钢琴、竖琴，通晓英文、法文，能打网球，以优秀的成绩毕业于天主教圣心女子大学，再加上年轻时令人频频回头相看的美貌，全日本没有几个女孩子能跟她比肩，更何况在小小的原贵族圈子里。赢得了明仁皇太子心的"美智子桑"绝不是一般的平民女子；她既有见识又有胆量。两人结婚以后，主动废止了传统的奶妈、抚育官制度。据说，明仁天皇按照老规矩，在三岁三个月时就被迫离开父母兄弟姊妹，一个人长大的孩提时代常感到非常寂寞。于是，在日本皇族史上第一次，明仁、美智子夫妇，亲手带大了三个孩子。不仅如此，孩子们上了幼儿园以后，每年的运动会，两位就跟平民百姓同学们的父母亲一起，积极参加了家长赛跑等项目。

不，我是皇太子

明仁天皇的父亲裕仁天皇，曾是大日本帝国陆海军总元帅；日本战败之后，按道理该站在远东国际军事法庭上受审的。然而，占领日本的盟军司令麦克阿瑟元帅，为当时冷战即将开始的国际政治环境考量，最后决定不告发他了。同时，叫天皇自己公开否定之前广泛宣传的"现人神"之说，并且做出闻所未闻的"人类宣言"。然后，在美军拟稿的新《宪法》下，裕仁天皇当上"国民统合的象征"，不再拥有政治以及军事方面的实权，好歹继续在位到1989年1月，八十七岁瞑目为止。对此在日本国民中曾有激烈的反对意见。毕竟，从他登基的昭和元年到向盟军无条件投降的昭和二十年之间，以天皇之名而战死的本国军民就有将近三百万，其他国家民族的受害者更有好几倍。总元帅怎么可以不负责任？怎么可以不主动下台？

　　1948 年 12 月 23 日是当年皇太子明仁十五岁的生日。那天，包括东条英机、松井石根、板垣征四郎在内，七名甲级战犯在东京巢鸭监狱里被处了绞刑。一般相信，盟军方面是故意选择明仁的生日施行死刑的，为的不外是万万不让他走跟父亲一样的军国主义道路。当时的皇太子明仁，在父亲裕仁天皇的安排下，跟美国籍的基督教女作家伊丽莎白·格雷·维宁学英语。她上课的时候，称皇太子为"吉米"，最初被他纠正说："不，我是皇太子。"乃是日本战后史上一则较为著名的花絮。相比之下，七名甲级战犯就在他十五岁生日被处刑的史实，在日本甚少被提到，如今可谓鲜为人知。英语老师维宁夫人，在后来撰写的《皇太子的窗户》书里写道：那天，裕仁天皇躲在房间里不出来，所以跟往年的生日不一样，明仁皇太子不能受父亲的祝贺。2009 年，当时当东京市长的非小说作家猪濑直树，出版了《吉米的生日：美国在明仁天皇身上刻印的"死亡暗号"》一书，也没有引起多少反响。果然，日本人的集体下意识想要尽可能忘记不吉祥的历史事件。

　　七名战犯被处刑的十年以后，二十五岁的明仁皇太子选择教会学校的高材生正田美智子为结婚对象，估计多少受了维宁夫人的影响。据说，当时在皇室里就有一些人反对皇太子跟有教会背景的平民女子结婚；毕竟天皇是日本神道的最高位神官，有好些神道仪式都要皇后一起举行或参与。

总是第一时间赶到灾区慰问

裕仁天皇在位的昭和时代，广大日本知识分子当中，至少有一半是反对天皇制的。当年，他们对皇太子夫妻也不太看好；在民间，常把美智子妃揶揄为"面粉厂的女儿"的就是那些左派知识分子。他们对皇室的态度开始转变，就是全世界动荡的1989年，裕仁天皇因癌症去世，由明仁、美智子两位成为天皇、皇后，君临"平成"日本以后的事情。

当时，明仁天皇五十六岁，美智子皇后则五十五岁。结婚三十年以后，当初美如明星的年轻女孩，早就被时间折磨成老女人了。虽然她的身材仍旧苗条，但是坚决不染白头发，好像故意不使自己显得年轻漂亮。光看她的样子，国民就知道她嫁入皇室以后吃的苦多么大。她那模样简直像是当了全体日本人的替罪羊，高瘦的骨架更叫人联想到走向各各他山的耶稣基督。

裕仁天皇和明仁天皇的区别，主要在于前者曾做过"现人神"，而后者从小只做过人。另外就是，1945年日本战败时，明仁天皇才十二岁，基本上没有战争的包袱。同盟国占领军在十五岁的皇太子身上烙的印，虽然从外边瞧不到，但是看他们夫妻的行为，似乎一分一秒都没有忘记似的。

这些年，他们去日本国内、国外各地追悼战争死者，也跟太平洋战争时期被关在日军收容所受了虐待的各国俘虏见面交谈，以图缓和人家心中的痛苦。2011年，当东日本大地震、海啸、核电站事故连续发生，但在政坛上偏偏缺少国民可信可靠的领导人时，天皇就发表录影讲话慰问了灾民以及坐立不安的许多人。每次自然灾害发生，天皇、皇后都在第一时间赶到灾区的避难所去，还往往在地板上跪下来，以跟老百姓平起平坐的姿态，安慰一个又一个灾民。

不仅如此，他们在逢生日等场合发表的谈话中，也不停地提醒国民：不要忘记从"九一八事变"开始的战争造成了多么严重的惨剧。我印象最深刻的是，2001年的生日，天皇发表的声明中讲道：公元8到9世纪在位的桓武天皇之母亲是朝鲜半岛百济国武宁王的子孙。他说：给日本传来高级文化的百济人后代，至今还有在宫内厅乐部当乐师演奏古代雅乐的。听到那次的发言，我就想起来了，原武史著《大正天皇》里有记载：裕仁天皇的父亲曾疼爱大韩帝国最后的皇太子李垠，为了跟他沟通，还学过韩语。跟日本社会常歧视韩国的态度呈现明显的对比，叫我对天皇的思想开明刮目相看了。

雅子妃的适应障碍

> 她个子高，眉目清秀，头脑清晰，这是毫无疑问的。到底性格积极不积极则很难说了；任何人患了十多年的适应障碍以后，不大可能积极外向了。

2019年4月30日，明仁天皇退位，平成时代闭幕。第二天要登基为新天皇的皇太子德仁亲王比我大两岁。妻室雅子妃则1963年12月出生，比我约小两岁。我上大学的日子，恰好是德仁亲王找结婚对象的时段。当年他从学习院大学毕业，继续在日本以及英国的研究生院研究中世纪泰晤士河的水运历史。在当时网络还没有普及到民间的情况下，日本的各杂志纷纷报道谁会是将来天皇的意中人。据报道，天皇的母校学习院大学、他常去参加活动的各国大使馆等，频频举办各种大小规模的派对，以便叫德仁亲王认识不同的女孩子。

候选的亲王妃该有圆满的家庭背景和良好的教育背景。已到1980年代了，在战后新《宪法》下成长了足足一代的日本人，早就不流行说什么贵族、平民了。但是，将来当皇太子妃、皇后的人，非得身体健康、眉目清秀、头脑清晰、性格积极，而且年纪跟德仁亲王相配，等等。能满足全部条件的人，估计全日本也没有几个。寻找那理想的候选亲王妃，简直跟寻找唯一能穿上玻璃鞋子的灰姑娘一样困难。

记得当年在新闻杂志上看到名字和相片的候选亲王妃，好像有三四个吧。但是，1980年代的日本，跟格林兄弟时代的欧洲可不同；听到王子找对象，大多数人不是踊跃参加宫廷舞会，反而要逃之夭夭，不外是大家认为，嫁入了皇室，麻烦苦头该多于乐趣甜头。所以，嫁的嫁，出国的出国，最后被堵住的就是父女两代都是外交官的小和田雅子，估计是被上官劝说了：好好考虑国家利益吧。据报道，她和德仁亲王是1986年在访问日本的西班牙女王之欢迎聚会上第一次见面。后来几经周折，1993年终于举行了婚礼。当时皇太子德仁三十三岁，雅子妃则二十九岁。

我清楚地记得他们结婚的1993年，也是比尔·克林顿当上美国总统的年份。历史上第一次，日本皇太子娶了能干的职业女性。历史上第一次，美国的第一夫人被说成比丈夫还要聪明优秀。当时，雅子和希拉里的形象是颇相似的。没有想到，两个人后来的命运将会完全相反。

雅子妃的皇室障碍

雅子妃的父亲是东京大学和剑桥大学毕业的外交官小和

田恒。由于父亲的工作，女儿雅子从小在苏联、瑞士、美国等不同国家生活及受教育长达九年，跟她中间回日本受教育的时间差不多。结果，她除了母语日语以外，还能说英语、俄语、德语等。如果说，明仁天皇娶美智子妃，多少受了美国籍英语教师维宁夫人的影响，那么德仁亲王娶雅子妃，估计受母亲美智子妃的影响最大。美智子妃是既聪明又能干，加上有见识和胆量的一个人。作为她的儿子，德仁亲王对自己妻子的要求自然会很高。只是从后来雅子妃因病长期休养的情形来看，好像是德仁亲王选对象选错了。

雅子妃既聪明又能干是毫无疑问的：她毕业于哈佛大学经济学系，回日本就读东京大学期间考上了外交官。哈佛、东大、外交部，根本是百分之九十九以上的日本女子沾不上边的。德仁亲王向她求婚时，恐怕考虑得不够周到的，就是雅子的日本文化背景不够深厚。既然她双亲都是日本人，即使住在海外，相信家庭用语一贯是日语。但是，从小在西方生活以及受教育，她接触到的传统日本文化，尤其是神道方面的经验与知识自然很有限。以她优秀的头脑，相信世界上的很多事情都可以看书或者文字资料就能掌握。然而，传统日本文化，尤其是神道，有个很与众不同的特点，乃自古不用语言讲述教义，即"神道不举言"的传统。

跟其他宗教不同，日本神道没有开创教祖也没有写下来的教义，连对个别仪式、行事的说明往往都完全不存在。所以，外国人常常提问神道到底算不算是一种宗教是有原因的。尽管如此，天皇作为最高位神官，在宫廷深处定期举行的种种仪式，从古代到今天持续了一千多年，亦是不可否认的历史事实。其中很多属于秘仪，从来不对外公开的，加上没有文字记载，相信有不少程序，由今天的局外者看来，显得相当古老原始。皇太子自己从小在那环境里长大，对于古老甚至原始的神道仪式，该有一定程度的理解和接受。然而，在海外长大的第二代外交官不一样，雅子妃对西方语言文化的深厚造诣，反而会成为理解并接受古老日本宗教的障碍。再加上长年折磨美智子妃的种种宫廷内霸凌，雅子妃感到的精神压力导致了神经衰弱并不奇怪。

雅子妃请病假是结婚十周年的2003年开始的。当时，他们的第一胎刚满两岁，雅子妃自己则满四十岁了。抛开个人的感情不谈，皇太子结婚的目的，首要的是给皇家生个继承人。若像美智子妃，结婚第二年就生长男，几年后又生次男，最后生长女而画龙点睛的话，那么一切都没有问题。或像德仁亲王的弟弟秋筱宫的夫人，虽然结婚以后连续生了两个女儿，但丈夫又不是天皇家老大，那么问题也暂时不很大。然而，德仁皇太子和雅子妃结婚以后，等待八年第一个孩子才出生，那是个女娃娃，敬宫爱子内亲王。如果在一般家庭的话，今天往往更喜欢女儿，因为长大以后都会跟娘家继续亲近来往；可对古老的皇室而言，情况则很不一样。

宫内厅"好管闲事"

2003年6月，皇太子夫妻结婚十周年之际，宫内厅长官汤浅利夫就发表声明说：希望早日见到东宫第二胎。考虑到当时雅子妃已经三十九岁，那样的发言即使对一般女性都算是很残酷的，是"好管闲事"的，何况对负责以血肉之躯生出未来天皇的雅子妃来说！对民间掀起的批判之声，宫内厅却反驳道：是揣度天皇、皇后的心情说的。同一年12月11日，汤浅长官厚着脸皮进一步说了：希望秋筱宫家尝试生第三胎。其"好管闲事"的程度，可写在历史书上了。果然，第二天，雅子妃因精神压力过大而出了带状疱疹，需要长期休养的消息传播开来。之后的十多年，她基本上一直请病假，没有完全回到岗位上。

到底宫内厅是要维护皇室还是要攻击皇室？显而易见，跟右派政治家一样，宫内厅官僚也最关心自身的政治利益，说着要守护传统，其实只管沿袭旧例，对于个别的皇家成员，包括现在和未来的天皇、皇后，却不一定尊敬、尊重。果然，德仁皇太子很恼火，在翌年5月，单独往欧洲出发前的记者招待会上，说道："本来要偕雅子一起去，但是她患病不能去，感到非常遗憾，至于生病的原因，有些人要否定雅子的专长以及人格是事实。"

2004年7月，雅子妃的御医发表诊断说：皇太子妃患有适应障碍症，没有恢复之前不能担任公务。显然，她是对皇室的环境，包括"好管闲事"的宫内厅长官，适应不过来。从前在文学作品里经常出现的神经衰弱一词，从此被适应障碍代替了。如今对上课、上班有困难的日本男女老少，一般都被诊断为适应障碍。

对明仁天皇要生前退位的希望，除了保守主义的极右派以外，日本上下大体都同意并支持。只是大家都私底下担心：雅子妃到底能不能继承美智子妃的职能？大概很困难吧。即使不是雅子妃，任何人在她的位置都一样会面对困难吧。一来美智子妃太伟大了，二来日本皇后的角色太充满矛盾了。既然由谁来当都不容易，那么雅子妃并不算是不好的选择。她个子高，眉目清秀，头脑清晰，这是毫无疑问的。到底性格积极不积极则很难说了；任何人患了十多年的适应障碍以后，不大可能积极外向了。但是，扩大视野看外国的例子，跟日本皇室一样尴尬的局面并不少见。

皇室与谎言

> 曾经不可睁眼看的种种事情，后来摆在光天化日之下，难免叫人觉得很尴尬。

回头看，1989年是世界历史的一个转折点。就在那一年，中欧和东欧的社会主义政权一个一个地倒下来。在日本，则是君临东瀛六十四年的裕仁天皇去世了。

记得1988年12月底，我从旅居地加拿大飞回东京。在等待元旦的几天里，跟传媒界朋友们聚会聊天。当时裕仁天皇病危已经有两个月，各家媒体天天报道天皇当日的体温、脉搏、输血量，等等，间接地叫全国人民知道他的日子不会很久了。社会上一些活动自行约束停了下来。然而，私底下，大家都跟平时没有分别。毕竟是八十七岁的老人，实际上也早就从职务上退下来了，即将去世也没什么好大惊小怪的，甚至有好几个人都说：

"其实啊，天皇的死期是已经决定的，是明年1月7日星期六的早上。这样子，大家都过完了阳历新年，正准备9日星期一回岗位。在星期六、星期日两天内办完一系列有关事务，9日大家就能在新的天皇即位下开始过新的一年。各方面都很方便，对不对？反正早已是插管维持的生命了嘛。"

结果呢，第二年1月7日早晨，我醒来就被父亲告知："天皇刚过世了。你听到的那则风闻成真了。"

看看电视，几乎所有的频道都在报道天皇于六点三十三分瞑目的消息。不仅是平日播送的种种节目，而且全部广告都停播。当天下午，政府发表新的年号"平成"，并由皇太子明仁登基为新的天皇。一切都进行得很顺利，可以说太顺利了，简直像早排练过似的。天皇换代是国家大事，过程中出了什么意外就不得了了，所以，小心翼翼的官僚们一定要事先准备好。对他们来说，最重要的始终是自我保身。相比之下，让天皇之生命顺其自然，重要度便低很多。

曾经在日本的军国主义时代，裕仁天皇不仅是皇军大统帅，而且是"现人神"，要老百姓当他是神仙来拜的。当年的父母、老师还会告诉小朋友说："不可以睁开眼睛看天皇，看了眼睛会瞎的。"

光天化日下不自然的谎言

日本战败以后，美国占领军为国际情势着想，决定叫日本皇室持续下来。但是，一方面限制了皇室的规模，另一方面则叫裕仁天皇做出了空前绝后的"人类宣言"，自行否定之前宣传的神性。可以说，他在一亿同胞面前丢尽了脸。日本人知道受了骗，生气吗？还是觉得好死不如赖活着？那得看他们当时的年龄，孩子是最小气的，之前的"军国少年"们从此不再原谅天皇。总之，日本上下都知道天皇会撒谎。果然，四十多年以后，他的死期显得极其不自然，但没有多少日本人觉得很意外。

1945年以后，日本皇室虽然持续下来了，但是曾围绕皇室的神话则统统破灭。曾经不可睁眼看的种种事情，后来摆在光天化日之下，难免叫人觉得很尴尬。

2001年12月1日，皇太子妃雅子生下了女儿敬宫爱子内亲王。恰好我当时抱着刚出生不久还没满月的女娃娃。如果我早一点或者晚一点生孩子的话，也许跟大部分日本人一样，在电视新闻节目里看到皇太孙出生的消息都觉不出什么不对来。然而，刚生了孩子的母亲有与众不同的眼睛。我看当天早上雅子妃坐汽车去宫内厅医院的路上，还向路人挥手点头的电视报道，就觉得有点不自然：她根本没有很快就要生第一个孩子的紧张感。这是怎么回事？而且，没几个钟头，马上就传出来女娃娃出生的消息。第一次分娩，会这么顺利、这么快吗？不过，我真正吃惊的是几天以后雅子妃抱着新生儿出院的时候。据发表，爱子内亲王在12月1日出生，比我家闺女小三个星期。可是，比一比自己怀里的女娃娃和雅子妃抱着的内亲王，她们之间不可能有三个星期的差距。我从此确信，爱子内亲王出生的真实日期应该是11月中旬。

为什么宫内厅不能如实发表皇太孙出生的日期，要叫皇太子妃在一亿国民眼前演戏呢？绝不要发生任何意外，因此什么都要事先准备好，是官僚的习俗。这一点，我在裕仁天皇去世的时候学到了。但是，老人去世和娃娃出生是截然不同的局面。一个人垂垂老矣，最后的结论只有一个死字。但是，一个娃娃呱呱落地的时候，会发生的意外则五花八门了。恐怕，宫内厅官僚认为：若有什么意外需要对付的话，最好在没有媒体关注的情况下先默默做好，当第一次跟国民见面之际，皇太孙非得有健康可爱的样子。他们那么想也许没有什么奇怪的吧，大概唯一的问题是皇太子夫妻以及皇室成员的感受会怎样。

平成三十年，其后呢？

根据《日本国宪法》，天皇的职位是终身的。近代以后，明治天皇、大正天皇、昭和天皇都瞑目以后才正式让位给长子。这次，明仁天皇却破例提出生前让位的要求，估计跟他看过裕仁天皇去世前后的种种不自然措施有关。有人说：在当下日本，人权最受限制的无非是皇室成员。他们没有户口，没有姓氏，没有选择职业、住处的自由，连结婚对象都非得取得各方面的同意。想要换工作、搬家、离婚都不可以。明仁天皇，一出生就是皇太子，从小没尝过家庭的温暖，一辈子要抵偿父祖的罪。他一辈子唯一一次提出的要求是生前退位。生命最后的几年，要在没有公务的情况下随心过，生命的结束则要顺其自然，不要让官僚扯谎，这该是他和皇后真心的希望吧。

无论如何，明仁天皇和美智子皇后君临了三十年的平成时代快结束了。中国历史上，汉武帝改了十一次年号，唐高宗则用了十四个年号。明朝以后，中国就规定一帝一元了；日本则到了明治维新以后，才采用一世一元。明治四十五年、大正十五年、昭和六十四年、平成三十年，其后呢？迎接新时代，再从元年开始算时间，犹如过超级年一般，叫人期待耳目一新的好日子即将到来。

内亲王的困惑

多数日本人希望皇室制度能持续下去。为了持续,非得彻底改革的时刻似乎差不多到了。

日本天皇明仁的两个儿子,从小个性很不同。皇太子德仁个儿小、稍胖,长得像父亲,二公子文仁身高、体瘦,长得像母亲。皇太子年轻时爱爬山、拉大提琴,永远把衬衫下摆整齐地塞在裤子里。

相比之下,二公子文仁亲王年轻时剪披头士一般的洋蘑菇头,鼻子下留着小胡子,爱开德国甲壳虫车兜风。当时,坊间有流言说:在学习院大学政治学系,只要报名跟文仁亲王同一个班,保证不会不及格,因为老师要把合格点拉下到亲王的水准来。流言归流言,可是1989年夏天,当日本宫内厅发表,当时二十三岁,正在牛津大学读动物学硕士课程的文仁亲王即将跟学习院大学的学妹川岛纪子结婚之际,很多国民感觉到了:恐怕有什么原因非匆匆结婚不可。毕竟,那年年初亲王爷爷昭和天皇裕仁刚刚去世,按道理孙子应该还在居丧,再说当时二十九岁的哥哥皇太子之婚事,八字还没有一撇。

尽管如此，新娘纪子不仅长得很可爱，而且出身于并不特别富裕的知识分子家庭，结果博得广大国民的支持，日本一时掀起了"纪子妃热潮"。她父亲是学习院大学的教授，一家四口人当时住在三房一厅共七十平方米（约合二十一坪）的大学教职员宿舍；当宫内厅有人带聘礼过去的时候，连拉开长地毯的空间都不足够。1990年，文仁亲王和纪子妃结婚并建立了秋筱宫；1991年，长女秋筱宫真子内亲王出生；1994年，次女秋筱宫佳子内亲王出生；2006年，长子秋筱宫悠仁亲王出生。

皇室传闻不断

1993年，皇太子的婚礼，比弟弟晚三年，终于举行了。他当时三十三岁，新娘雅子妃二十九岁，以现代标准并不算太迟。可是，婚后八年多的2001年年底，皇太子夫妻之间的第一个孩子敬宫爱子内亲王才出生。雅子妃是读过东京大学、哈佛大学，还当过外交官的才女，英文、俄文都很流利。可是，一旦成了皇太子妃，她最重要的任务就是生孩子，尤其是有皇位继承权的儿子。三十八岁，她终于生下的孩子是个女婴，对此宫内厅竟然有官僚公开发表声明说：为皇室的存续着想，希望秋筱宫夫妇考虑再生育。纪子妃刚结婚不久时生了两个女儿，时隔十二年，三十九岁还剖腹生产悠仁亲王，相信跟宫内厅的呼吁有关。然而，这对雅子妃的打击恐怕很大；她身心健康受损害，从2004年起，由于适应障碍进入了长期疗养。

2019年，天皇明仁将下台，皇太子德仁就要做新一代天皇了。他妻子雅子妃也就自动成为皇后。坊间有人说，雅子妃的地位提高了以后，宫内厅官员也该不敢说三道四了，这样子她身心健康恢复的可能性变高。只是，根据父系主义的日本《皇室典范》，爱子内亲王没有皇位继承权。她父亲做了天皇，叔叔秋筱宫就成皇嗣候补天皇，再来是小她五岁的堂弟秋筱宫悠仁亲王，再接下来没有别人，只好等待悠仁亲王将来结婚生儿子。

现时十六岁的爱子内亲王，走过来的路也不容易。从她很小的时候起，母亲一直有心病，很多本来该做的公务都非得请假，没能参加，并且还为此受批评。内亲王自己也有几次感到上学困难。可是，长期缺课马上被宫内厅发表给媒体报道出来，导致雅子妃或皇太子亲自送她到学校去。爱子内亲王读初中的时候，宫内厅一度发布她的照片，骨瘦如柴到令人怀疑是否患上了厌食症的地步。幸亏，她不久就恢复了跟之前一样的身材。可是，在她那一代的年轻人圈子里，从此不断有传闻说：宫内厅"展出"的爱子内亲王其实是替身。

重男轻女父系主义怎么变？

在如此这般的情况下长大，秋筱宫的女儿真子内亲王年纪轻轻就跟大学同学谈到结婚，也就是决定从皇室嫁出去成为平民，父母也给予同意，是可以理解的。儿女过自由、幸福的日子，是世上所有父母的意愿。2017年9月，宫内厅发表真子内亲王和在律师事务所兼职的一桥大学研究生的订婚；同年11月，更发表婚礼日期定为2018年11月。谁料到，三个月后，宫内厅又发表：两位新人已决定把结婚日期拖延两年。同时，日本媒体上泛滥着关于未婚夫一家人的闲话。尤其是他母亲跟丈夫死别以后，一手带大独生子的过程中，曾有人提供经济援助；那人现在向媒体透露：四百万日圆的欠债还没有还清。四百万日圆数目不大，毕竟真子内亲王离开皇室的时候，就会收到一亿多日圆的生活费。可是，声誉就至关重要了。

日本皇族男性一生下来就面对将来一定或也许要做天皇的命运，那也不容易吧。至于女性，她们面对的选择也够困难的。战后在美国占领下修改的《皇室典范》，一方面保持了重男轻女的父系主义，另一方面为了限制皇室对政治的影响力而缩小了皇族范围。多数日本人希望皇室制度能持续下去。为了持续，非得彻底改革的时刻似乎差不多到了。

内亲王的苦恋

> 但是整个世界在改变。如今的英国皇室跟上世纪不一样，更不用说美国白宫了。显而易见，21世纪是神话很难成立的时代。

根据1947年施行的《日本国宪法》第二十四条：婚姻只成立于两性同意之基础上，并且应该以夫妻拥有同等权利为基础，通过相互协力来维持。也就是说，只要成年男女双方同意，结婚就能成立。具体而言，填写婚姻申请书，由两个当事人和两个证人盖印，再跟双方的户籍簿一起交给公所即可。遭到家长反对的年轻情侣，手拉手跑到公所去，匆匆填写申请书，一下子成为合法夫妻的人生戏剧，过去七十年里每天都在日本各地重演。

唯一从自由社会排除的是皇族。因为他们没有户籍，不可能把户籍簿跟申请书一起交出去登记结婚。不同于普通老百姓，皇族的出生是记录在皇统谱上的。生为男性皇族，就一辈子都无法离开皇籍，对此曾有位亲王说过：简直受着奴隶性的约束。女性皇族的处境可不同；当跟平民男性结婚之际，就得离开皇统谱，要和新郎树立新的户口。

目前日本有两位女性皇族，准备跟平民男性结婚而离开皇籍。

好事要快做 VS.过长的春天

一个是昭和天皇的兄弟已故三笠宫崇仁亲王的孙女三笠宫绚子女王。现在二十七岁的绚子女王，去年底通过母亲介绍，跟三十二岁的日本邮船公司职员相识；两个人马上谈到结婚，七个月后召开记者会发表。接着，8月中，举行正式的订婚仪式；新郎家赠送了有吉祥意义的鲷鱼、清酒、礼服料子（以目录代替实物），之后男方跟家长一起赴皇宫，和天皇、皇后见了面。婚礼则于10月29日，在明治神宫举行。一切进行得相当快。正如日本有句俗语说的："好事要快做。"

相比之下，文仁亲王之女秋筱宫真子内亲王的婚事，若也用俗语比喻的话，可谓"好事多磨"。她跟国际基督教大学时期的同学小室圭来往有五年之久。对此，日本也有俗语说："过长的春天"，意思跟"好事要快做"正相反。

大学时候的小室，当过东京郊外湘南海岸的"海之王子"，乃男性版选美之类。果然是双眼跟明星一般亮亮的，内亲王被吸引毫不奇怪。2016年10月就有周刊杂志刊登两个人戴着同款的戒指手镯在电车上亲密交谈的照片。翌年9月，秋筱宫家取得天皇的许可，召开记者会发表了即将于

2018年3月举行订婚仪式，同年11月举行婚礼。可是，后来传出的消息称：身为寡妇的小室母亲跟原未婚夫之间有金钱纠缠。麻雀变凤凰的故事，世上历来有很多。可是，单身母亲向朋友借钱送去学校的男孩，一边在法律事务所打工一边还在读研究生，就要跟内亲王结婚，可以说是破天荒的事。然而，对于敢做出破天荒决定的美男子，少女为之燃烧恋情是可以理解的。只是，看来她父母秋筱宫夫妻之前并没有好好了解女儿恋人的家庭背景。等媒体报道纷纷出来之后，才叫小室母子过来谈话，可还是谈不清事情的所以然。

2018年2月，宫内厅发表真子内亲王的婚事要延期两年。过半年，传出来的消息说：内亲王的恋人要去美国读为期三年的法学院，准备取得纽约州律师资格。其间的生活费由他工作的法律事务所资助，第一年的学费则得到了校方发的奖学金。美国大学方面，最初发表：日本内亲王的未婚夫要来留学。后来，宫内厅抗议说：没举行订婚仪式，不能叫他为未婚夫。但是，他跟内亲王一起召开过关于结婚的记者会；没有正式取消之前，两个人属于准订婚关系，该说是国际社会的常识。

有为爱私奔的勇气吗？

在日本媒体上，有人把他们比作罗密欧与朱丽叶；由于家庭背景而不能在一起的一对恋人。有人在媒体上鼓吹内亲王无论如何都不要放弃初恋。如果是平民百姓，手拉手跑到公所办结婚登记就成了。可怜内亲王没有这条路可走。比较麻烦的是，女性皇族结婚而离开皇籍的时候，根据《皇室经济法》，要从国库付出一亿多日圆的准备金。那笔钱来自国民缴的税。若要拿来还清新郎母亲之债务的话，恐怕不少纳税者会不服气。

从前的日本人普遍尊敬皇室。即使天皇不是神，万世一系之说也不属实，他们家的历史还是与众不同。进入了明仁天皇、美智子皇后的平成时代后，虽说神圣感减少，但是人情味则增加，蛮多人还是尊重皇室的。以过去的价值观念来看，麻雀般的男孩不打下事业基础之前跟内亲王谈结婚，或者他母亲的老情人出来跟媒体说金钱问题，都是极其不尊重皇室的行为。但是整个世界在改变。如今的英国皇室跟上世纪不一样，更不用说美国白宫了。显而易见，21世纪是神话很难成立的时代。

真子内亲王的苦恼，一部分来自男女不平等的《皇室典范》，也有一部分来自人人不平等的天皇制本身。秋筱宫夫妻跟平民父母一样允许女儿谈自由恋爱选择结婚对象，可是后来知道媒体报道的内容有根有据，已告诉小室母子：在情况改变之前，不能举行订婚仪式。换成平民父母，也会说一样的话吗？估计会吧。那么，我还是希望真子内亲王至少有凭着爱情私奔的可能性。想到这儿，我忽然发觉：跟被王子看上而嫁入王宫的灰姑娘相反，日本内亲王只有从皇室被踢出去或被关在其中这两条路。除非皇室制度引进两性完全平等的原则，日本的《皇室典范》起码加一则规定，允许内亲王自由离去才对。

卷二

动荡社会

再见SMAP！大除夕夜的茫然

> 现场以及全国电视机前的几千万观众，到最后一刹那都在衷心等待着：也许、也许、也许SMAP会出现。

每年的12月31日，我家都看着NHK电视台的《红白歌合战》吃年夜饭。我小时候的家如此，我结婚以后的家亦如此。《红白歌合战》是众歌手以性别分成红白两队进行的歌唱对决，全部歌曲都唱完以后，由身在东京涩谷NHK音乐厅的三千多名观众投票决定，该年的表演到底红队优秀，还是白队优秀。投票的方法，以前很长时间都用红白两面的纸制扇子：支持红队的人显示出红色的一面，支持白队的则显示出白色的一面。然后，有请带着双筒望远镜来的"日本野鸟观察会"成员们，用计数器来数一数各队赢得的票数有多少。那场面，真有点儿意思。

我从二十几岁到三十几岁，出国到海外留学、工作了十余年。1997年回日本定居以后，几乎每年的《红白歌合战》都是白队压倒红队。原因很简单：以SMAP为核心，属于杰尼斯事务所旗下的男性偶像组合越来越席卷整体节目。当初还只有SMAP和TOKIO而已，2010年以后，岚、关8、V6、Sexy Zone等也一个一个地加进来。到了2015年的第六十六届《红白歌合战》，连五十一岁的老大哥近藤真彦，也通过时间隧道出来压轴。那一次，在红白两队总共五十二组的男女歌手中，杰尼斯团队就有七组；至于总人数，SMAP五个人、TOKIO五个人、岚五个人、关8七个人、V6六个人、Sexy Zone五个人，再加上近藤真彦和早期曾属于杰尼斯事务所的乡广美，一共有三十五个人。

没错，这些年，著名制作人秋元康旗下的大型女性偶像组合也越来越多；以2005年年底出道的AKB48为先驱，到了2014年，竟然包括HKT48、SKE48、NMB48，以及大姐级的AKB48，总共四队在《红白歌合战》的舞台上唱唱跳跳卖可爱。不过，杰尼斯所属的男偶像和秋元旗下的女偶像，性质有所不一样。杰尼斯的组合，人数一般都在七八个以下，叫粉丝们容易辨别谁是谁。相比之下，秋元旗下的女性偶像组合，人数多到一般粉丝无法辨别，而且她们到了一定的年龄就会退出组合并成为独立艺人，然后由新人成员来补充她们留下的空缺。结果，整体组合一直不停地新陈代谢。

全日本家喻户晓的天王

其实，杰尼斯所属的男性偶像，以前也曾新陈代谢的。从最早期的Johnny's（1962年成立，1967年解散）开始，

Four Leaves（1967—1978）、TANOKIN三人组（1979—1983）、涩柿子队（1982—1988），直到光源氏（1987—1995）为止，都是一过高峰期就给学弟们让了明星地位的。比SMAP早一点，1985年出道的少年队，也到了2008年就从杰尼斯歌舞剧主角的地位退了下来；当时三个成员锦织一清、植草克秀、东山纪之，分别为四十三岁、四十二岁、四十二岁。之后的少年队，虽然没有解散，队长锦织一清发福成了大叔，最近主要当话剧导演，植草克秀则改行为电视演员；只有东山纪之一个人，还在除夕夜的杰尼斯跨年演唱会上，跟年轻学弟们一起唱唱跳跳，最后又空翻一番给大家看个厉害。

可以说，在杰尼斯事务所的历史上，SMAP是活动时间最长的组合：从1988年到2016年，前后二十八年一直作为现役偶像活跃于日本娱乐圈。最初他们是从十一岁到十五岁的男孩子。1991年第一次上《红白歌合战》舞台的时候，也才十四岁到十八岁而已，由于日本的《劳动基准法》不允许未成年人在深夜里工作，所以开始的几年，他们都在节目刚开幕不久的七点多唱完歌后回家去的。可以说，日本的电视观众们，这些年一直目击了他们从出道，经人气逐渐提高，最后达到娱乐圈的最高点，并努力守住了好几年天王地位的整个过程。木村拓哉、中居正广、稻垣吾郎、草剪刚、香取慎吾五个人的名字，实实在在家喻户晓，说他们是全日本家庭的亲戚男孩都差不多。

1998年，他们第八次参加《红白歌合战》时唱的《夜空的彼方》，受到全国男女老少的欢迎，很多人心中受到了SMAP的鼓励。2000年的《狮子心》以及2003年的《世界上唯一的花》，更可以说是近年日本甚少出现的全民性流行歌曲。果然，从2006年起，中居正广队长连续四次担任了三个主持人之一。那几年的《红白歌合战》简直就是以SMAP为焦点的节目，年年白队拿到冠军，只能说理所当然，顺理成章。

真的永远不解散也不引退？

2010年，《红白歌合战》的主持工作，由杰尼斯事务所的学弟组合岚代替，回头看来是SMAP时代落幕的第一步了。可是直到2015年，他们五个人每年都一定参加日本娱乐界一年里最重要的电视节目。与此同时，他们也不停地出单曲、出专辑，富士电视台每周一次播放的综艺节目《SMAP×SMAP》则从1996年起，持续了整整二十年之久。如此被宠爱的五个人，会不会成为史上第一个"永远不解散也不引退的偶像组合"呢？虽然帅哥木村拓哉早就成人父了，中居队长的前额则似乎越来越广到非得戴帽子掩盖，但毕竟日本人太习惯于有SMAP的日子了。在这凡事"小众化"的时代，男女老少一起会哼的歌曲，除了在小学课堂上学的《故乡》以外，就只有他们唱的《世界上唯一的花》呢。他们对一亿日本人团结一致的重要性几乎跟皇室媲美。

然而，2015年年初，《周刊文春》杂志刊登了杰尼斯事务所副主席玛丽·喜多川的专访。她1926年出生，当时是八十八岁的老寿星，还没从副主席职务退下来已经不容易，可毕竟是老人家了，在应付媒体也就是公关方面的敏感度上，显然大有问题。当记者根据传闻而问及是否在杰尼斯事务所里面有派系对立。她不懂得隐瞒，也不懂得搪塞过去，当场把从最早期就担任SMAP经纪人的女性经纪人叫来，在记者面前骂她："你若有什么意见，带着SMAP离开都无所谓啊！"

即使是普通人，那么公然地被上司辱骂了，很难不当一回事吧，何况是国宝SMAP多年来的保姆。果然，几个月以后传出来SMAP正在策划跟那位经纪人一起离开杰尼斯事务所的消息。但是，杰尼斯在日本娱乐界影响力之大，光是从《红白歌合战》出场的明星人数都能够得知。如果真正独立了，恐怕很难做下去。于是2016年1月18日，五个成员在《SMAP×SMAP》的开头，特地发表声明：决定不独立了，也通过木村君的协调，向喜多川老板道歉。好比被迫做了自我检讨一般的残酷场面，有人形容为：公开处刑。后来的几个月，SMAP的公开活动越来越少，直到八月中旬，他们给日本各媒体发出传真信宣布：将于12月31日，解散SMAP。

等到最后一刻……

对此很多日本人觉得可惜、寂寞，好比失去了来往多年的好朋友一样。可是，冷静看来，他们都是四十多岁的人了，跟二十年前一样唱唱跳跳谈何容易。再说，在人和人之间，一旦闹了大矛盾，关系真正恢复是不大可能的。尽管如此，还是有很多粉丝衷心期待：12月31日解散以前，他们也许能最后一次在《红白歌合战》的舞台上现场合唱，然后向全体日本人致辞吧？据报道，NHK方面多次跟杰尼斯事务所进行交涉，但是SMAP的五个人，就是不愿意在粉丝面前露脸。

就那样，2016年的《红白歌合战》成为"后SMAP"的第一次。这一次担任主持人的岚成员相叶雅纪，当长达五个小时的节目快结束之际，从大眼睛流出泪水来了。估计他感到的压力特别大，因为现场以及全国电视机前的几千万观众，到最后一刹那都在衷心等待着：也许、也许、也许SMAP会出现。但是，节目结束的同时，2016年也结束，新的一年就成了没有SMAP的第一年。

奇妙的是，这一次的《红白歌合战》破例地由红队赢得了冠军。连担任红队主持人的女演员有村架纯都说："怎么？怎么？我还以为白队要赢呢！"我们看着电视都觉得莫名其妙至极。但是，这一次担任数票任务的麻布大学野鸟观察会，人人都带着最先进、最高性能的双筒望远镜，绝不可能数错吧？更何况是在这凡事电脑化、数字化的时代！

再见樱桃小丸子！

每年都有人去世，是人间常态。但是不知为何，我觉得，今年离开我们的人似乎特别多。跟平成时代快要结束有关系吗？

真没想到樱桃子竟会跟西城秀树同一年走，而且在平成时代最后一年，也在安室奈美惠引退的一年。

很多很多年，每周日傍晚，日本多数人的习惯是：五点半看日本电视台的《笑点》，六点则看富士电视台的《樱桃小丸子》，到了六点半继续看同一家电视台的《海螺小姐》，七点把频道转到NHK去，先看新闻报道，八点看该年大河剧。

现在想想，那是20世纪后半叶，电视机成为家庭团聚中心时期的象征性场面。平时工作忙碌的各家父亲，只有周日方能够傍晚在家里跟孩子们一起看电视。当年也不怎么讲吃饭不应该看电视，因为电视机是刚出现的新兴家电，价钱当然不低，说不定分期付款才能到手，所以全家人一起享受才划得来。

《笑点》是1966年开播的。最早的主持人是落语家立川谈志。后来由前田武彦、三波伸介、三游亭圆乐、桂歌丸依次接棒，目前由春风亭升太主持。历代主持人都是穿着和服的曲艺界大人物。演出内容也偏向传统，主要给男性大人看的。因为经电视机传到家庭里面去的缘故，调整为儿童亦宜的节目。

怀旧的气氛，充满童真

相比之下，富士电视台六点开始连着播放的两个动画片，则从一开始就针对包括小朋友在内的全家老小。1969年开播的《海螺小姐》，主角是带着幼小儿子的家庭主妇，她母亲也不出外工作，家计由父亲和丈夫两个上班族撑持，也就是性别分工做到底。他们河豚田家族，住的是和式房子，似乎每个房间都铺着榻榻米，今天在日本都很少见到了。总体而言，《海螺小姐》描写的是早已过去的或者说属于昭和时代的日本家庭。虽说《海螺小姐》最初是报纸上连载的四格漫画，敏锐反映出时代气氛来，可是原作者长谷川町子去世以后，越来越往超时代方向走。无论如何，它如今仍然是全日本收视率最高的动画片，也被《吉尼斯世界纪录大全》认定为全世界最长寿的电视卡通节目。

六点的《樱桃小丸子》则是1990年开始播送的，内容却围绕着1973、1974年，作者樱桃子小学三年级时的日子。1990年的日本处于泡沫经济高峰期，早一年裕仁天皇去世而昭和时代跟着结束，新的平成时代刚从明仁天皇开始。跟"永远现在"的《海螺小姐》不同，《樱桃小丸子》则一开始就是怀旧的。当年二十五岁的年轻作家怀念自己八九岁时的生活，因为当年的日子还充满着童真，也不是大人们理想化的那种，而是倾向于写实主义的一种。小丸子的爷爷老来糊涂，奶奶爱储存没用的杂物，爸爸爱喝酒，妈妈很吝啬，姐姐是西城秀树迷，若以一句话概括就是普普通通，但是很叫人怀念并羡慕的三代同堂家庭。

1990年代的日本家庭，实际上几乎是清一色的核心家庭，爷爷奶奶再也不存在于孙子孙女的日常生活，反而变成过年过节给红包的人了。然而，关于人生的很多智慧，本来只能通过跟老人家接触的过程中慢慢学到，平时生活中没有了爷爷奶奶，孩子的人生就变得简单、乏味。

亲自写主题曲：《大家来跳舞》

我跟樱桃子、小丸子属于同一代。记得小学班上有个女同学是西城秀树迷。年轻时候的秀树，是名副其实的明星、偶像。明星本来是在天上闪亮，给地上的人们指出方向的。至于偶像，更是宗教上崇拜的对象。社会世俗化，人们逐渐失去信仰，这时就由娱乐界提供各种明星、偶像。

《樱桃小丸子》的世界讨人喜欢，一个因素是她生长在静冈县清水，乃以海鲜和水果闻名的好地方。静冈县在富士山脚下，靠着太平洋，气候四季都温暖，有的是当地特有的美味。有樱花虾、白饭鱼、蜜柑、草莓、绿茶等，静冈人从不担心没东西吃，结果集体性格开朗、外向、宽容，乃相亲、交友的第一选择。有趣的是，日本第一长寿节目《笑点》目前的主持人落语家春风亭升太，也是静冈县清水出身的。

樱桃子被广大日本人爱护的程度，可以说是当她的死讯传播开来以后，才有目共睹的。古人说盖棺论定果然没错。当SMAP解散的时候，我写过他们的《世界上唯一的花》是各年龄层的日本人能一起哼的最后一首流行歌曲。现在才知道，其实《樱桃小丸子》的主题曲《大家来跳舞》才是。虽然大家都知道《笑点》的主题曲，也会唱《海螺小姐》的主题歌，但《大家来跳舞》是1990年日本单曲销量冠军，也获得了同一年的日本唱片大赏。它不仅为大家所知，而且为大家所爱，因为那歌词是樱桃子亲自写的。

当她过世以后，除了网络上很多人讨论《樱桃小丸子》以外，还有不少人提到她早年写的《桃子罐头》《猴子马戏团》《红烧鲫鱼》等叫人笑个不停的散文集。结果她的著作在日本亚马逊的排行榜上一下子成了畅销书。这么有才能的一个人才五十三岁就去世了，叫人觉得很可惜。虽然富士电视台今后也继续每周日播放《樱桃小丸子》，但是我们都知道灵魂人物不在了。

每年都有人去世，是人间常态。但是不知为何，我觉得，今年离开我们的人似乎特别多。跟平成时代快要结束有关系吗？该是幻觉。祈樱桃子冥福，合掌。

再见烦恼！人生的花儿

> 说不定，将来某一天回顾今天的烦恼，觉得那才是人生味道的所在，也就是花儿。

从前的人，无论在哪个国家，生活中遇到了什么问题，大概就找父母、老师、同学、朋友等谈话去。假如是爱看书的人，也许在贤人留下的文字中寻找人生答案。有信仰的人，可能去找宗教上的导师谈到心情舒畅。

在我曾经生活过的加拿大，当有人因某种问题想不开了，别人都会劝说："找专业辅导去吧。"被劝的人也大多都乖乖地掏腰包去见心理医生之类。我看着以为：跟天主教徒不同，在加拿大占多数的基督教徒没有忏悔的习惯，所以由犹太人为他们提供有偿服务。那种服务，在日本却不太流行。如今的东瀛人若面对了什么困难，一般会在网络上的咨询网站找找答案。另外，历史悠久的广播节目《电话人生相谈》也仍旧吸引着不少人类迷羊。

日本放送电台每周五次播送的《电话人生相谈》开始于1965年，至今有五十多年的历史，乃该台现有节目中历史最久的一个。从星期一到星期五，由五个名人轮替主持二十分钟的节目，每天也另外请来法律、教育、医学等各方面的专家当顾问，以便给来电人士提供专业的辅导服务。虽然如今开收音机听广播的人没有以前多了，却很容易听到网络上的转播和录音。

前些时日，我忽然想起老节目来，在网络上找了一下马上找着，而且还意外地听到了三十余年前上早稻田大学时候的老师、著名社会心理学家加藤谛三先生的声音。他当年已经是媒体上的红人，出版过许多励志书，而且对我来说，也是平生第一次被亲手赠送签名著作的一位作家，印象自然非常深刻。

走过了，才知道是人生最佳时光

想起《电话人生相谈》，不外是由于生活中发生了问题，不能找朋友谈，又不方便外扬，然而一个人想来想去都想不出好主意来。有趣的是，光看着网络上的咨询内容清单就能得知：来电者面对的大多属于家庭纠纷，其中涉及负债、精神病等重大问题的不少。不再一个人烦恼而往外寻找辅导，一个好处就是能够拿自己的问题来跟别人家的比较。结果，自己的问题马上显得微不足道。

说实在，《电话人生相谈》节目半世纪以来一直很受听众欢迎，恐怕不能排除个中有"幸灾乐祸"的因素。别人家的不幸遭遇会蛮好听，那显然是人性中不能否定的一部分。当然，我们也不能说，从古希腊到莎翁，从电视肥皂剧到网络文学中悲剧作品之成功，全站在人类普遍"幸灾乐祸"的基础上。也许，该说"事实之奇胜过小说"更为恰当。总之，听了几十个小时的《电话人生相谈》节目以后，我都忘记了当初自己是为什么而烦恼。

除了广播以外，报纸、杂志等平面媒体也向来刊登生活顾问专栏。记得在加拿大的时候，我特别爱看当地《多伦多星报》转载的发自美国的"Ask Ann Landers"（《问问安妮·兰德斯》）专栏。她好比是热心肠的邻居老太太，总是以北美英语文化圈的常识为基础，很诚恳且幽默地回答读者提出的种种问题。再说，她用的英语既好懂又生活化，对还不大习惯北美生活文化的外国人如我，各方面的帮助都非常大。

这些年在日本，我几乎每期都买《周刊文春》杂志的一个原因，则是有伊集院静的《烦恼是花儿：大人的人生相谈》专栏。他是旅日韩裔第二代，广告界出身的无赖派小说家，经过婚外情娶到的美女演员夏目雅子却不久就被癌症夺去生命，一时沉湎于喝酒和赌博，后来以《受月》一书赢得直木赏，在大家眼里是尝过人生酸甜苦辣的一个人。所以，每年一月的日本"成年日"当天，刊登在全国报纸的三得利洋酒公司广告里，年复一年，都由他代表日本全国的老一辈，向二十岁的年轻人说说大人该知道的一些事情。

果然，伊集院静回答众读者"人生相谈"的风格，跟安妮老太太完全不同，甚至可以说正相反，唯一的共同点是幽默感。谁的人生没有烦恼？只好以幽默的态度去面对了。伊集院专栏标题中的"花儿"，在日语里有"最佳时光"的意思。人生道路上的"最佳时光"，往往在刚要过去的时候才被发觉，让日本人联想到快要谢的樱花。当事人眼里的大麻烦，稍后回头看来，其实就是"最佳时光"，也就是人生味道之具体所在都说不定了。反之，没有烦恼的生活，一方面可以说似天堂，另一方面也可以说跟死了没两样。

我们有限的生命啊

不知道是否近来日本人的烦恼越来越多所致，我订阅的《每日新闻》家庭版，刊登"人生相谈"的频率呈现明显增加的趋势。前几年由跟伊集院静一样属于无赖派的小说家白川道回答读者的问题。他离过婚、负过债、坐过牢，对人生的苦难了如指掌，但是对每一封来信都以谦虚的态度写了很诚恳的回音。2015年他在家里中风昏迷，六十九岁就去世了。后来接棒的小说家高桥源一郎，也是一样过花甲、离过婚、坐过牢的过来人，却对来信人的态度跟白川道完全不同；他当初经常写出"你才是问题"等具有攻击性的文字，让读者感到非常新鲜。

　　也许是为了保持平衡吧，《每日新闻》亦请来了女性剧作家渡边惠理、女艺人光浦靖子、落语家立川谈四楼以及居住海外的漫画家山崎麻里这四个辅导员。也就是，每周五天由五个人对读者寄去的人生烦恼提供意见。

　　后来补上的四个人对来信者的态度比高桥客气、温柔得多。渡边甚至在报纸上向要抛弃丈夫离家出走的老年女士写回信道：若是你一个人，可以来我家住一段时间啊。我看着那些文字，心里觉得很温暖。我跟那位老太太，虽然有不同的烦恼，但是都需要温暖的安慰。不知是否受了她们的影响，或者自己逐渐年迈所致，高桥的态度变得比以前宽容。最近他常劝来信者说：饶了对方吧，我们的生命都是有限的。

　　是的，我们的生命都有限。所以，古人说：今朝有酒今朝醉。说不定，将来某一天回顾今天的烦恼，觉得那才是人生味道的所在，也就是花儿。于是，我在嘴里重复地讲给自己听：烦恼是花儿，烦恼是花儿。

再见辣椒！来碗番茄担担面

尽管如此，下次去那里，我绝不会再叫番茄担担面了。把整个番茄放在担担面上边究竟是什么意思？

前些时日，在香港上环的港澳码头，等待驶往澳门的轮船开航的时候，在候船厅看看有什么便餐店可以解饿。果然，除了港式茶餐厅、肯德基以外，还有"味千日式拉面店"和"白熊日式咖喱店"。日本人都以为拉面来自中国、咖喱则来自印度，华人却认定了都是日本风味没有错，真有趣。

"味千拉面"发源于日本南部的九州岛熊本县，乃中国台湾美浓出身的客家人刘坛祥（日本名叫重光孝治）于1972年创始；是如今在全世界分店最多的日资食肆，光是在中国大陆都有五百八十七家店了。看它来历，显然是中餐基因和日本商业环境的美好婚姻的结晶。好比留学回来的海归姑娘散发出迷人的洋气一样，在中国最受欢迎是很有道理的。

既然"味千拉面"是公认的日本风味，那么"万豚记"的担担面呢？

辣椒变番茄，没有人敢反驳

"万豚记"是日本"际公司"集团旗下的中餐馆。该公司1990年成立，今天在日本各地经营各种餐厅总共三百五十八家，其中"韭菜万头""虎万元""红虎饺子房""胡同四合坊""万豚记"等中国家常菜馆人气最高。

"际公司"的创业老板中岛武本来不是厨师。他大学毕业以后，开过二手服装店、古董店、制衣厂，但连续遭到失败。最后他想到：小资本企业最有可能成功的行业，应该是餐饮业。他后来的成功一般被视为策划力的胜利。"际公司"旗下的餐馆，不仅菜单内容跟一般的日本中餐馆不同，而且字号、店铺门面、室内设计等都非常特别，可以说有中餐主题公园的感觉。

从前，日本的中餐馆只有两种：小面馆和大酒楼，分别供应拉面、麻婆豆腐和鱼翅、干烧虾仁。中岛武旅行经验丰富，知道其实在两者之间会有家常菜、各地风味等广阔的饮食经验。结果，他开的餐厅推出的油淋鸡、咕咾肉、酸辣汤等，受到日本消费者的欢迎。其中，普遍爱吃面的日本人最着迷的非担担面莫属。

众所周知，担担面是四川成都的特色点心，正如红油抄手、夫妻肺片。四川菜在日本普及得很晚。直到20世纪末，日本人知道的川菜几乎还只有麻婆豆腐一种而已，而且日本人吃的麻婆豆腐，一般一点都不麻，也往往一点都不辣。它呈现红色，可那色素并不是来自红辣椒，而是来自美式番茄酱。怎么可能？这情形，其实日本中餐馆提供的干烧虾仁也差不多。

在日本，脍炙人口的中式菜肴"エビチリ"，乃由"エビ"和"チリ"两个部分组成。"エビ"是"海老"即"虾仁"；"チリ"则是英文"chili pepper"即"辣椒"的简称。按道理，"虾仁"和"辣椒"加起来该是"辣椒虾仁"了。可是，在日本中餐馆，伙计端出来的"エビチリ"往往一点也不辛辣，反而是酸甜的。"辣椒虾仁"怎么会是酸甜的呢？这典故写在日语的维基百科里。原来，东京四川饭店的已故主厨陈建民，为了迎合日本人的口味，把干烧虾仁改造为番茄酱炒虾仁，却仍然叫它为"エビチリ"。如果日本人的英文水平普遍好一点的话，肯定早就有人批评陈建民以及其子陈建一和孙子陈建太郎的做法了。把红辣椒用番茄酱代替是一回事；把番茄酱硬说成辣椒酱又是另一回事嘛！所以，我认为，酸甜干烧虾仁的问题大于酸甜麻婆豆腐。然而，事到如今，陈家人在日本中华料理界的名气实在太大了。陈建一成了日本中国料理协会的会长，也收到了日本政府发的勋章。陈家人硬说"エビチリ"是他们家发明的日式四川菜，没有人能反驳得了。

总之，日本四川菜的水平如此低劣，"万豚记"也好，别人家也好，可说有很大的发展余地。

日本人独创红番茄担担面

讲回"万豚记"吧。他们推出担担面的时候，引入了中国产的花椒粉。日本顾客们觉得非常新鲜，"万豚记"担担面的麻辣味道赢得了一部分人的极力支持。可是呢，更多日本人还是吃不惯麻的和辣的。于是有策划力的老板，经考虑，除了传统的麻辣担担面以外，还推出了黑芝麻担担面、白芝麻担担面以及红番茄担担面。我的天，番茄又来了！结果，你去"万豚记"点担担面，伙计就要追问：黑的？白的？红番茄的？芝麻酱或者花生酱味道浓厚的担担面，我在海外唐人街也吃过。可是，红番茄担担面呢，从来没听说过，该说是日本人独创的吧。只是东瀛早就有番茄味麻婆豆腐和陈家父子相传的"エビチリ"番茄酱炒虾仁。再说，如今在东京"赤坂四川饭店"，一大盘干烧明虾（七八人份）居然卖七千六百日圆呢！

还是讲回担担面吧。老实说，我对这种四川面食情有独钟。三十多年前的留学时代，为了吃碗成都国营担担面馆的正宗担担面，还特地去过两趟四川呢。第一次从北京去，第二次则从广州去，路真不近呢，何况当年在中国，平民百姓能用的交通工具只有铁路和公共汽车。但是，吃到了正宗的担担面，路上吃的苦都值得了，值得了。好，你现在知道了我对担担面的情怀多么深。

前几天，我去家附近的"万豚记"分店，终于鼓起勇气来，叫了一碗红番茄担担面。出乎意料，不像日式麻婆豆腐或者陈家干烧虾仁那样用番茄酱调味，而是把整个新鲜西红柿去皮切片以后搁在担担面上。成熟的西红柿既甜又酸，可能刚从冰箱拿出来，还冰凉得很。跟既热呼呼又麻辣的担担面一起吃，生番茄就起了缓和刺激的作用。总的来讲味道不坏，该说够有理由受欢迎。

名不正言不顺也无所谓了

尽管如此，下次去那里，我绝不会再叫番茄担担面了。把整个番茄放在担担面上边究竟是什么意思？要想缓和刺激，则不用吃担担面，不是吗？再说，店名"万豚记"的读音，公司方面提倡的是"Wan-zhu-ji"。哎哟，不是"Wan-tun-ji"而是"Wan-zhu-ji"呢！把"猪"字写错成"豚"字，还是把"豚"字念错成"猪"？孔子不是说过：名不正则言不顺，言不顺则事不成吗？也许不必对饮食的名称太认真，可我还是不能看着"万豚记"三个字叫出"Wan-zhu-ji"来。

话是这么说，我这个人好像落后于时代了。"际公司"旗下的餐馆引起了中国家常菜热潮后，担担味道已经在日本家庭里开始占有一定位置了；冬天要在家里打边炉，很多日本人都从超商买来担担味火锅汤底。不仅如此，日本最大的番茄酱品牌"可果美"早已推出番茄担担面酱，要尝到那被缓和的刺激味，其实根本不必上馆子了。

再见不动产！"负动产"时代

> "负动产"和"不动产"，日语发音是完全一样的。过去，在全国性"土地神话"下，买房地产是最硬的投资。

根据日本政府最近发表的2017年全国土地价格统计，日本的平均地价连续二十六年一直下降。也就是说，1990年代初破裂的土地泡沫，过了四分之一世纪都没能恢复过来。

那之前，在日本，土地是只会涨价绝不会吃亏的投资项目。尤其是从1950年代到1980年代的经济高度成长时期，买一栋房子住几年，以比原先贵几倍的价格卖出去，然后再买大一点的房子住几年，是不少日本人在战争废墟上白手起家、积累资产的计算式，乃当年所谓的"住宅升官图"，后来被挪揄为"土地神话"。

1980年代中期，日本的人均收入超越了美国。原先做国民经济支柱的制造业，由于成本提高，只好关闭国内工厂搬到发展中国家去。当家的中曾根康弘政权于是采用"扩大内需"政策，鼓励国人对国内房地产多做投资。结果，从1986年起，日本的地价每年以三成到七成的幅度提高，1990年的全国地价总额是1985年的二点四倍，也达到美国地价总额的四倍。在东京中心区，同一时期的涨价幅度竟高达六倍。同时，日本各大企业的股价也提高到空前的地步。

没有人要继承的"负动产"

买房地产的资金是向银行贷款的。在政府的鼓励下，银行融资的条件越来越宽松。多数国人成了房奴，但大家天真地相信：只要地价继续提高，还债不会成问题，将来还能翻身为拥有高价房屋的富豪。不过，凡事物极必反，日本政府开始担心地价和股价都过分高了，于是1990年制定法律来控制国内贷款总额。这么一来，借钱一下子变得困难，高价房地产就算要卖出去也没人买了。结果，地价忽而开始下降。将来的富豪们，连房奴都做不起了，因为卖房子不仅不能赚钱，反而要赔钱。

这些年，日本房地产的价格基本上呈现出要回到泡沫之前1980年代初水准的趋势。观察家说：其实在2000年代中期地价已下降到谷底，之后的十几年，在全国平均地价继续下降的同时，个别地区的价格又反涨起来，甚至回到泡沫时期的水准。也就是说，地价呈两极化了：贵的越来越贵，便宜的则赔钱卖都没人要。于是出现了"负动产"的说法。

"负动产"和"不动产"，日语发音是完全一样的。过去，在全国性"土地神话"下，买房地产是最硬的投资。然而，泡沫破裂以后，地价一年比一年便宜，卖出去就只能赔钱了。尤其是在日本，跟欧美不同的是，老房子没有市场价值。结果，老一代买的房子，过几十年主人去世，作为收到遗产的孩子一代，如今是忧虑多于高兴了。首先得算好要不要缴遗产税。如果那笔税金不用缴，土地本身的物业税总得缴。如果是公寓，每月的管理费也要缴。拆掉了房子，地皮则容易卖一些，但是即使不说拆房要几百万日圆，空地的物业税也比较贵，因为市场潜力比较大。总的来说，越来越多日本年轻一代觉得：继承房地产很麻烦，不仅费事而且费钱，于是顺理成章称之为"负动产"了。结果，越来越多房子，当原来的主人去世以后，没有继承人主动到法务部门更改登记。根据日本民法，如果逝者没有配偶、孩子的话，健在的父母、孙子女、兄弟姊妹及其子女甚至他们的后代都会有继承权。几十年过去，对那笔"负动产"，究竟谁有继承权，着实没人知道了。据报道：今天在日本，没人主张所有权的土地总面积竟达到全国总面积的十分之一——三万七千平方公里，也就是跟九州岛差不多大。

"鬼屋"与高价房地产

　　我最近有事回到小时候曾居住的东京都新宿区北新宿

去。距离全日本最繁忙的新宿火车站不到三公里的地方，未料有很多破旧不堪的空房，显然早已没人住。那里很多是战后在空袭造成的废墟上匆匆盖成的木屋，如今破旧得无法住了。但是，在木屋和木屋之间没有多少空间，小巷里开进卡车来会有困难，要拆掉不容易。何况谁也搞不清楚，几栋木屋的所有权和继承权，到底涉及多少人。问题是日本法律也不允许公家没收这些无主之"负动产"。结果，如今的日本有越来越多"鬼屋"，邻居、行人们不小心就会被掉下来的瓦片什么的伤害了。

我印象特别深刻的是，从小巷子走出去，通往新宿的马路两边正在建设好几栋高层公寓。卖价跟泡沫时代一样贵，却有人愿意买。报道地价统计的新闻记者写道：现在涨价的地区有个共同点，乃受外国投资家欢迎。于是京都、东京、大阪的中心区，以及北海道、冲绳的度假区等，房地产价格一年比一年昂贵。也许，外国投资者没注意到：离光亮的高级公寓不远的地方，就会看到密密麻麻破旧不堪，搞不好会给邻居、行人造成危害的"鬼屋"。原来，在高价房地产和"负动产"之间，是如此地近。

再见吉祥寺！"空房银行"的诞生

> 在少子高龄化、经济零成长的时代环境里，父母一辈留下的最大财产，反而会成为孩子一辈最大的负担。

每逢日本媒体向大众发起"想居住的社区"投票，东京都武藏野市吉祥寺地区往往得第一名。

吉祥寺位于城区和郊区的边界，既有都会的方便又有郊外的自然。离东京两大闹市区新宿和涩谷，坐电车都用不着半个钟头。车站北边，迷你商店鳞次栉比的"口琴横丁（小巷）"里，有慕名而来的顾客天天排长队的和果子店小笹、以手工炸肉饼闻名于世并且在楼上兼营牛排餐厅的佐藤肉店、全东京价钱最合理的韩式烤肉店李朝园，等等，充满个性的小店真是数不清。车站南边则有俗称"都会绿洲"，常成为电视剧背景，东京小情侣们非得去划一次船不可的井之头公园。

怪不得，从小地方来东京要试实力和运气的小说家、动漫作家等，都一赚到一笔钱就在吉祥寺买房子定居；至于还没赚到一笔钱的，则在该地区找一下老一点便宜一点的公寓暂住，使得吉祥寺拥有"日本次文化首都"的别名。随便举一些例子吧，当红漫画家西原理惠子、超人气剧作家宫藤官九郎都住在吉祥寺。

老房子旧情感

我有个同事就在吉祥寺离车站不远的木造房子里长大。那栋房子是她做大学文学系教授的父亲，四十年前获得专任职位时买下来的。她说：从中学到大学的日子里，曾一说家住吉祥寺，别人都以羡慕的眼光看她，再说当年在邻居里文化界人士确实很多，整个社区散发着文化的香味。只是，这些年，她母亲去世，父亲也病倒，做独生女的她忙于照顾双亲、料理家事，不大注意街坊的变化。最近，她稍微闲下来，忽然发觉：自己家周围有好多房子都没人住，有的更呈现日趋荒废的样子了。

那究竟是怎么回事呢？她说：大家都一样啊，父母一辈逐渐离开人间，家里只留下一两个孩子；继承房产嘛，从一方面看来是大收入，从另一方面看来却是大负担，因为日本的木造房子远没有欧美的石造房子耐用，平均寿命才二十七年而已。所以，最初盖房子的一辈人衰老的时候，房子也差不多要改建了，可是改建房子所费不赀。加上孩子一辈很多都是单身人士，即使结过婚也往往没有孩子；虽然对从小长大的老房子有感情，但是实际上宁愿住小一点方便一点的公寓，也不想要费钱费事的宅邸了。那么，赶紧卖出去怎么样？嗨，高龄父母住在养老院或者医院，但是产权还属于他们呢，做孩子的不可以随便卖掉。但是，没人住的房子衰朽得特别快，转眼之间到处发霉，不久就压根儿不能住了。

据日本政府总务省做的统计，目前日本全国的空房共有八百二十万栋，居然占全部房子的百分之十三。1945年，第二次世界大战末期，日本的大小城市曾遭受美军轰炸，很多都成为废墟了。后来的几十年，房子一直欠缺，所以政府采用各种措施来鼓励国民盖房子。比方说，在日本，同样面积的土地要缴的物业税，上面有房子和没房子税率就不一样。盖了房子，税额会减低；拆了房子，税额则增高。这本来是为了促进房子的供给，但事到如今，很多人却为了尽量少缴税，把不再能住的空房宁愿保留下来也不敢拆掉。

近年来，日本也受全球暖化的影响，常刮暴风、台风、龙卷风，许多人担心附近空房的屋顶、套窗、门扇等被刮跑以后，反过来会伤人伤物。长期没人管的空房，不仅破坏社区的景观因而拉下周围物业的价值，更会成为纵火等犯罪的温床。也有报道说，胡蜂、老鼠等有害动物在无主的空房里无限繁殖，给社区造成严重的卫生危机。

一辈子最大的负担

面对这些问题，日本已经出现了民间非营利团体经营的"空房银行"，乃搜集各地区有关空房的信息，向广大社会提供资讯，以图促进利用既有建筑物。毕竟，社会上放置着这么多空房的同时，每年还在盖八九十万栋新房子，岂有此理！地方政府亦通过条例给拆房工程提供辅助；如果是不能确定所有者的破房，就依法拆掉而减少居民在治安、卫生等方面的不安。

直到今天，房子是一般日本人一辈子里花最多钱，并往往以长达三十五年的分期付款购买的高价商品。然而，在少子高龄化、经济零成长的时代环境里，父母一辈留下的最大财产，反而会成为孩子一辈最大的负担。

早就看过报道说：偏僻山区的房子，在孩子离开，父母去世以后，连房子带田地甚至山林，全任由闲置慢慢荒废。可是，我真没想到，在多数日本人的心目中最理想的居住地吉祥寺，而且离火车站、商场都没多远的黄金地段，再说是仅仅三四十年前，中产阶级核心家庭骄傲地享受文明生活的一栋又一栋小洋房，只翻了一页以后，居然面对家破人亡的绝灭危机。无常哉！

再见"御握"！不握了

这回"御不握"热潮的来由，主要不在于食品本身的新奇性，而在于它免除掉妈妈们做"御握"时感到的精神压力，同时让大家享受到不必花钱也能赶时髦的乐趣。

日本人对米饭的执迷至今仍根深蒂固。便利商店卖的点心类，虽然有三明治等西式点心，也有肉包子等中式点心，甚至有炸鸡块等西式小吃，但是最畅销的始终是老祖宗传下来的饭团。

日语里把饭团称为"御握"或"御结"。煞有介事的"御"字显示它最早发源于宫廷女官圈子，后来普及到草根中来了。那么，"御握"和"御结"的区别又在哪里？有人说："御握"是主妇做给家人吃的，"御结"则是做来赈济灾民的。记得2011年3月11日，发生了东日本大地震和海啸，海边居民避难到山区的时候，当地农家的妇女们已经准备好了几百个饭团和装满大锅的热腾腾味噌汤，灾民们因此纷纷说道：谢天谢地，好比重获了生命一般。那种场合做的饭团，确实能在本来彼此陌生的人们之间起结缘的作用，称为

"御结"很合适。

　　日本妈妈做饭团给孩子们当午餐，北美妈妈则做三明治让孩子们带去上课。北美小孩子吃的三明治，一般都夹着果酱、花生酱、香蕉片等甜味的东西，大人吃的三明治里才出现火腿片、起司片、生菜等。相比之下，日本人吃的饭团，向来不分孩子用和大人用，传统上包着梅干、鳕鱼子、昆布佃煮（红烧海带）、酱油柴鱼等，如今也颇流行鲔鱼美乃滋沙拉等西式的材料，显然受了三明治的影响。

理想的饭团不理想了

　　虽说都是简便午餐的常规，饭团和三明治其实有很不同的地方：做三明治不需要特别的技术；把米饭捏成团子倒需要点技术。没捏好的饭团，还不到嘴里之前就会溃散。可是，捏得太紧太硬了又不好吃。放进嘴里时，自然会松开的，才算得上是理想的饭团。那可是在这方面下过工夫的资深妈妈才能做到的。若是经验不够加上天生笨手笨脚的话，可怎么办？答案就是这些年在东瀛风靡一时的"御不握"了。

　　据说是漫画家上山栃，从1985年直到今天在讲谈社出版的 *Morning* 周刊上连载的"Cooking Papa"的第二十二卷第二百一十三回里，最初出现了这种另类饭团的。做法很简单。保鲜膜上放张紫菜片，撒点盐，然后在紫菜片周缘部分留空地，专门在中间地带进行工程：先搁一薄层米饭，接着放材料，然后再搁一薄层米饭，最后把紫菜四角用指头拿起来在正中间集合，再用保鲜膜包好即可。因为紫菜是方形的，最后结果也呈方形。归功于日本大米的黏性，保鲜膜内的紫菜、大米、其他材料都自然地贴在一起了。用菜刀切开两半，就能从切断面看到里头的材料；一方面刺激胃口，另一方面则克服了传统饭团从外边看不到里面的缺陷。

　　"御不握"显然沿用了"御握"和"折纸"两种日本国粹。不过，它也像是用米饭和紫菜做的三明治。既然就是米饭三明治，"御不握"的中间要夹什么，都完全随你方便和喜爱了。上网翻看在日本拥有最多跟随者的食谱网页"cookpad"，果然有好几百则"御不握"个案，包括日式的和西式的，还有仙台人介绍的"牛舌片配山药"等地方风味，以及咖喱迷妈妈开发出来的印度风味等国际化的"御不握"。精明的商人们当然不甘寂寞，趁"御不握"流行，已经推出了好多种"御不握"专用容器：乃正好能容纳一个"御不握"并且可以直接放入书包或公事包里去上课、上班的塑料小盒子，颜色花样有日本女性喜爱的粉红色、天蓝色、草绿色等。

　　"御不握"做法简单，热量不高，能够减肥，经济省钱，果然具备广泛流行起来的条件。实际上，它在味道上跟传统饭团的区别不怎么大，尤其跟日本各家快餐店早就以米饭代替面包而推出的"饭团红烧鸡肉包"等相比的话,"御不握"显得相当保守。所以,我猜想,这回"御不握"热潮的来由,主要不在于食品本身的新奇性,而在于它免除掉妈妈们做"御握"时感到的精神压力,同时让大家享受到不必花钱也能赶时髦的乐趣。

捏出好饭团才是好女人?

日本传统的饭团看起来非常简单,但是实际上,要做出好吃的饭团来并不是件容易的事。记得已故女作家森瑶子在一篇散文里写过:她曾有很要好的女性朋友,是一起上学一起成长的;当她们两个人都结婚、生孩子以后,有一天约好带着各自的小朋友去公园吃野餐。到了中午,彼此交换饭团吃。森瑶子吃了一口朋友做的饭团,未料不仅捏得没技术,而且味道也不对劲,叫她觉得受不了。女作家写道:饭团在材料、做法两方面都是非常简单的东西,所以若不细心做,会给人粗鲁的印象。当时的森瑶子,就是觉得朋友过于粗鲁,自己则被轻视了,于是忍不住骂了对方一顿,也一口气扔掉了人家做的饭团。两个人几十年来的友情就那样子断绝了。恐怕不少人觉得女作家神经质到似是歇斯底里;不过,我相信也会有不少日本人觉得能理解她当时的反应。

森瑶子的饭团小故事,恐怕个中有个因素,是日本女性在男性中心社会里长期受的委屈——能捏好饭团的才算是好女人。由别人看来是小事情吧，但是，日本女性的生活中，有数不清的小事情天天折磨着她们。这种压力是男人感觉不到的。若非有那种压力，森瑶子也不可能那么容易地爆发得无法收拾，她也更不可能写成文章发表。

最后，也大概是最大的原因，即"御不握"这个名称，听起来幽默得很，真不愧发源于漫画家的笔下。"御不握"是不必做饭的男人才会想出来的玩意儿；要是由女性发明，那就太叛逆了，可怎么行？

再见酸梅干！尝尝梅糖浆

如今时代不一样，让孩子接触酒精是天大的忌讳；做主妇的喝酒则不再是非偷做不可的事了。

6月梅雨季，我买了三次青梅。

蔬果店成堆推销的青梅，一个塑料袋里装着一公斤的果实。带回家，跟一样重量的砂糖一起放入消毒过的玻璃缸里。过了一个星期，砂糖全化为梅糖浆了，小心把糖浆倒入塑料瓶中，而后在冰箱里保存。

等初中三年级的女儿下课回家，就把一汤匙的梅糖浆放入玻璃杯，以十倍的白开水稀释，再放入两个冰块即可。她咕嘟咕嘟地一口气喝完，马上再要一杯。一公斤青梅和一公斤砂糖做成的梅糖浆，总共会有一升半，女儿一个星期就喝完。还好，下一轮的青梅砂糖，正好化成梅糖浆了。

日本人信仰梅子。6月下旬上市的黄梅，大家纷纷买回家盐渍，过些时候拿出来晒干，而后又拌入红紫苏叶再渍。几个月以后方完成的梅干，一粒一粒像很大的红宝石，着实称得上家宝了。倘若在商店里购买用和歌山县产南高梅做的高级货，一粒一粒梅干的价钱接近一块一块的蛋糕。吃起来，咸甜酸得恰到好处，再加上果皮完整果肉软嫩，实在是名不虚传的佳品。

梅干不仅是日本最普遍的咸菜，而且是东瀛头号草药，可以说是咸菜中的皇帝。此间学生、上班族携带的便当，白米饭中间常常塞着个红梅干，也就是所谓的"日之丸（日本国旗）便当"，是能防止米饭腐败的。也有人说，其实煮饭时放入一粒梅干就行，整锅米饭都不会坏。日本人养病时，都吃白粥加梅干；除了调整肠胃以外，据说在太阳穴处贴上一粒梅干，连头疼都会消失。

我小时候不吃酸的，对于梅干敬而远之，反而对梅酒中的青梅情有独钟。梅酒简直是灶君送给日本家庭主妇的礼物了；自家做的香甜果酒，藏在厨房地下或一角，偶尔舀入茶杯中喝下，别人不仅不知道，更不会说三道四。果然我母亲、姥姥都曾在自己的厨房里保存着几缸梅酒。当她们喝一杯时，就把缸里的梅子拿出来叫我尝，也许跟在灶神嘴上涂麦芽糖一样有堵嘴的目的，在我倒成了对酒精的启蒙。

打开梅酒缸子，好像打开了回忆

如今时代不一样，让孩子接触酒精是天大的忌讳；做主妇的喝酒则不再是非偷做不可的事了。十多年前，我家孩子们还上幼儿园的时候，听说青梅也可以做梅糖浆，能给小朋友喝。于是做好的梅糖浆，成了二女儿的至爱。年复一年，我都在梅雨季里做几次，鼓励她熬过闷热难受的时节。

6月初，抢先上市的青梅，果实既小又硬，才适合做梅糖浆。买回家以后，小心洗净并且一手拿着牙签去掉一切杂质，以免在制造过程中发霉。做梅糖浆是不放盐也不放白酒的，所以一不小心就会让它发霉而糟蹋一整缸。把青梅处理干净了，再把水分都去除，装在塑料袋里，在冷冻库里过一夜。据说，这样果皮组织会被破坏，使果肉中的精华容易渗出来。同时，把玻璃缸连同盖子都用开水消毒以待用。第二天，先把青梅倒入缸子，然后把砂糖也倒进去，且砂糖盖住梅子，以免果实接触空气中的杂菌。做梅糖浆用的砂糖，我用过红糖也用过白糖，甚至冰糖都用过，味道区别不大，颜色会不同，看卖价决定都不妨。

适合在梅雨季喝的草药饮料，除了梅糖浆以外，还有红紫苏糖浆，乃把红紫苏叶子用水煮过再加上砂糖和柠檬酸而成。一天内就能做好，红颜色很漂亮，也可以加烈酒、汽水喝。有一年，我做了大锅的红紫苏糖浆，自己蛮喜欢，却不受家人包括女儿的欢迎，觉得没趣，后来就不做了。主妇在厨房里干的活，讨到家人喜欢就是再好不过的酬劳。反之，只是为了自己，就很难鼓起干劲来。

今年梅雨季，我连续做了三次梅糖浆，也是因为女儿笑着说：很好喝。她也说：喝了很多都还爱喝。好啊，做母亲的就再去找适合做糖浆的青梅了。何况，做好了糖浆以后的青梅，则能从玻璃缸底捞出来，在开水里煮一下后，放在冰箱里保存，可当作梅雨季很好的零食。这样吃的梅子，有点像姥姥、妈妈曾作为贿赂给我的青梅，叫人回想起往日的一连串记忆来。于是忽然想到：她们当时，到底在什么心情下打开梅酒缸子舀出一杯喝的？啊，这原来是继承传统文化的意义，让人隔世认同已故的长辈来。

再见大学通！到秘境赏花去

　　从附近小镇来的"花见客"们马上让这里变得人山人海，不仅有很多人在路边长椅上坐着打开"花见"便当吃，更多人在各家餐厅、咖啡馆门前排成人龙要歇腿。

　　日本人的"花见"即赏樱花的习俗，据说可追溯到公元8世纪的奈良时代。最初受中国唐朝的影响，日本贵族也赏梅花的。然而，和风文化成形的9世纪平安时代以后，逐渐流行起种樱树来了。11世纪完成的长篇小说《源氏物语》里，就有贵族"花见宴"的场面。但那是贵族的事情。像今天，连平民百姓都带便当出去，在外头边吃喝边赏花，那得等到18世纪江户时代了。德川家第八代将军吉宗，鼓励在当年的江户城郊浅草、飞鸟山等地集中种樱树；一方面叫平民百姓结伴去郊游享乐，另一方面则给郊外农民卖酒水、熟食挣外快的机会。

　　日本的传统说书"落语"里，有个著名节目叫做《長屋の花見》，乃住在江户长屋即大杂院的贫民们，在房东的带领下一同去河边"花见"的故事。只是，跟有钱人带豪华食品去不一样，他们饭盒中的鸡蛋烧其实是黄色的腌萝卜，瓶子里的清酒其实是茶水，等等，一切都是廉价的替代品。如今的日本人，要带食品、饮料去河边、公园里赏花，有的是超市、便利商店供应现成的"花见"便当；盒子里密密麻麻地塞满着五颜六色的寿司呀、炸鸡块呀、香肠呀、烤鱼呀，以及不是腌萝卜的真货鸡蛋烧呀，等等，让人同时享受眼福和口福。近年更有"花见"食品专门店，经网络上预约，直接把刚做好的饭菜送到赏花现场来。

跟汉人清明节一样，传统上，日本人赏樱花时吃的是寒食。然而，现代人讲究吃，口味挑，从上世纪末起，常看到人家带野营用品上阵，当场烤肉吃的场面。那也不奇怪，因为在日本野餐的机会，可以说一年里只有两次：春天的赏花和秋天各级学校的运动会而已。夏天去山中或水边野营还属于少数人的嗜好，而一般的日本房子也不具备北美洲那样能够请朋友来一起烧烤享乐的后院。总而言之，日本全国的老饕一族都绝不想错过春季里的一天在花儿盛开的樱树下，一手拿着啤酒罐或红酒杯，边烧烤边吃食的乐趣。

野外喝的酒，加倍醉人

我家住东京西郊国立市。从火车站走出来就能看到正对面的大学通两边种着染井吉野类樱树总共三百四十棵，每年1到3月底就一齐开花。这么一来可不得了，从附近小镇来的"花见客"们马上让这里变得人山人海，不仅有很多人在路边长椅上坐着打开"花见"便当吃，更多人在各家餐厅、咖啡馆门前排成人龙要歇腿。

我们当地居民，从前是在树下绿地里摊开席子吃便当的，也有几次老公带小煤炉过去，当场燃起木炭烧烤鸡肉串吃。然而，外地来的"花见客"中，竟然有人提高嗓子批评道："看那些不懂事的当地人，在可怜的樱树下边坐下来，伤害树根，破坏环境，真是岂有此理！"我们也特别想回话说："岂有此理！"毕竟一年里只有一次"花见"。然而，本来就是为了享乐才出去，破口骂人除了伤和气之外，自己心情也会受影响。于是从那次以后，我们干脆换了地方，骑二十分钟的自行车去只有当地人才知道的"秘境"。

那是一条干干净净、完全透明的溪水流进多摩川的地方。泥土堆成的河堤上种着一排樱树，虽然没有大学通多，但是也有二百五十棵，被风吹谢的花瓣犹如雪花一般地漂浮在水面上，不知从哪里飞来的鸭子、鹭鸶等戏着水。因为离大道有一段距离，汽车不能开进来，而且没有路牌，所以不容易被外人发现。后面是河边大操场，具备公厕和自来水，对面是官办的福利设施，不用担心打扰居民的私人生活。

年复一年，我们家四口在水边樱树下待上几个小时，对周围的环境，对"花见"的艺术都渐渐熟练了。例如，某一年3月底的某一天，当天忽然决定要去"花見"以后，我就通知孩子们活动计划，老公则担任采购。他从超市带回来：一瓶红酒、几听罐装啤酒、法国面包、奶油起司、意大利巧克力以及三种牛排。另外，从厨房柜子里拿出煤气炉子、小平锅、塑料盘杯、刀叉、调味料。很快就准备齐全了，往水边出发！

一个春日的下午，坐在东京郊区的小溪边，仰头看着树上盛开的白色樱花，边喝红酒边吃老公当场煎的牛排。对了，烧烤的一个好处是由男人当厨师，太太则可以享受一下难得的悠闲。在野外吃的东西，始终味道加倍好，更何况是别人做的。在野外喝的酒，也始终加倍醉人。"花見"的精髓在哪里？我都醉醺醺说不上来了。总之，这样子，也算是做了一次"花見"，不知为何，心里觉得踏实了点。到底是日本人吗？好像就是。

再见男性垄断！日本政界需要女姿三四郎

> 有的是不合理的传统、不合理的习俗，只有年轻一代方有可能改变，而其中一定有女性要扮演的角色。

平时在东京过日子，老实说，心情黯淡的时候蛮多的。其中一个原因是女性的社会地位迟迟不提高。

你信不信，实际上日本民法至今强迫女性结婚以后改夫姓？而且有人告到最高法院去，判决又说：那不违反宪法。虽然《日本国宪法》第二十四条清楚地表明：两性拥有同等权利！想想，一个出社会工作的成年人，中途要改姓，种种手续会多麻烦？从护照、户籍、居民登记、银行户头、信用卡、报税单，到公司里的电话簿、从小学到大学的校友名单、给亲朋好友寄的贺年卡档案、现实以及虚拟的信箱等，真是花一两年都办不完。果然，很多人办到一半就说：你们要怎么称呼我就怎么称呼我吧，反正这不是我个人的错误，而是日本法律对全体女性的制裁！但，到底凭什么要制裁人口的一半啊？

尤其是第二次安倍晋三政权上台以后，口头上说着"要建设女性能活跃的社会"，实际上施行父权主义政策，叫人感到加倍黯淡。安倍提拔的女性阁员都是"穿着裙子、网袜的老头子"或者眼里只有"权"字的乖乖牌；她们的价值观跟生物学上的老头子们永远保持一致。反之，广大平民女性想要活跃都只有低薪的临时工可做，加上为孩子找托儿所都难到几乎不可能，于是前些时日，有个年轻母亲在社交网站写道："托儿所没找着，日本去死吧！"做母亲的对国家说"去死吧！"当然不合适、不礼貌了，但是，大多日本女性在心底拍手喝采。

那个说"日本去死吧！"的年轻母亲也写道：到底为2020年的东京奥运会浪费了多少钱，还要花多少我们宝贵的税金啊？如果有钱付给著名设计师做奥运标志的话，何不先盖一盖托儿所？说的真是。人家找不到托儿所，只好递辞呈失去一笔收入。相比之下，奥运会那么大的国际项目，请富裕国家去举办不就好了吗？尽管如此，2016年8月，看了十多天的里约热内卢奥运会，我的心情好了许多，能够对未来抱希望了，但愿那年轻母亲也一样。

女性选手成绩叫人刮目相看

心情好，直接的原因是这次奥运会日本队赢得的奖牌空前多，特别是女性选手获得的成绩叫人刮目相看。游泳的金藤理绘，摔角的登坂绘莉、伊调馨、川井梨纱子、土性沙罗，柔道的田知本遥，双人羽毛球的高桥礼华、松友美佐纪，纷纷赢得了金牌。当女子摔角的吉田沙保里未能赢得连续第四次金牌而成为第二名的时候，大家看到她的眼泪就齐声说：不用哭了，你的银牌比金牌还有价值。因为有她当先驱，年轻一代的运动员才有具体的奋斗目标。而想想日本文化中根深蒂固的重男轻女倾向，女子摔角选手们克服过来的社会偏见和冷嘲热讽肯定很不小。

记得十多年前，日本报纸的一个专栏拿一个具体的选手姓名写道：重量级的女选手，即使赢了也不好看。写那专栏的是该报的名记者，平时以文笔幽默闻名，然而一谈到女性话题就露出男性中心主义的马脚，或者该说猪脚。好在那次有多名读者给报社打电话投诉，逼迫该记者公开认错道歉。他那种说法也许曾经被社会接受，但肯定阻止了日本女性在各方面发挥能力。

2012年，包括伦敦奥运会代表在内的十五名女子柔道选手联名向日本奥运委员会控诉：代表队的男性教练反复地向她们施暴，并且时常有辱骂她们为猪等的骚扰行为。全日本柔道联盟方面最初未认识到问题的严重性，后来受到来自各方面包括国际柔道联盟的严厉批评以后，才叫该教练辞职。在日本被誉为"女姿三四郎"的筑波大学副教授山口香，在其中起的协调作用非常大。她是首尔奥运会的女子柔道铜牌获得者，翌年毕业于筑波大学体育系硕士课程，自2011年起担任日本奥运委员会理事。山口在文武两方面突出的能力是有目共睹的，加上她很会保持良好的形象。这些年，对女足的泽穗希、摔角的滨口京子和吉田沙保里等优秀的女性运动员，日本媒体以及广大社会逐渐不敢拿她们的外貌开不客气的玩笑等，多多少少归功于山口等运动界"学姐"们的努力。

运动界是社会的缩影

三十三岁参加里约奥运会的吉田沙保里，从2001年起，连续一百一十九次赢得比赛。她在里约失败以后，几个评论员异口同声地指出：本来不应该叫她担任"日本选手团主将"的。日本运动界有个不祥的传说：谁当上"主将"谁就不会赢。雅典奥运会时的井上康生、北京奥运会时的铃木桂治，都有赢得柔道金牌的实力，然而当上了"主将"以后，身体、精神、时间等各方面的压力都太大，最后均没拿到任何颜色的奖牌。于是这次的里约奥运会之前，也在不同运动项目的团队之间把"主将"的位置推来推去，到了开幕前一个月，才由被认为"灵长类最强"的吉田接任。谁料到，三十三岁的"大小姐"在里约失败以后，向着电视镜头边号啕边说："这样子，已故的爸爸要骂我了。"那镜头叫人觉得：以后不需要什么"主将"了吧？

日本运动界是日本社会的缩影，有的是不合理的传统、不合理的习俗，只有年轻一代方有可能改变，而其中一定有女性要扮演的角色。例如：2012年女子柔道选手们鼓起勇气揭发了教练的暴力和骚扰后，日本柔道界的文化被迫改变；这次在新一代教练井上康生的指导下，男女各级的选手都显得很放松，每人脸上都是笑容，结果赢得了总共十二个奖牌。可见，过去那般有军国主义味道的指导方法早就不合时代，没有用处了。

　　所以呢，在东京酷热的夏日，看着里约奥运会的报道，我觉得：既然年轻一代改变了日本运动界，也许他们也可以改变日本的政治文化，甚至改变整个日本社会。听说这次日本政府拨款在里约热内卢建设了本国选手能够安心练习、沐浴、吃饭的运动员中心，对最后的成绩显然起了作用。若是这样，为奥运花的钱也不全是白花的。问题似乎在于：能盖运动员中心，为什么不能盖托儿所？哎，日本政界显然也需要几个"女姿三四郎"呢。

再见亲爱的！意外的失落感

> 把宠物或者电视连续剧当作精神支柱生活，听起来也许很可怜，但那无疑是今日世界相当多人的生活现实。

日本的狗猫早就没有了雄雌公母之别，只有男女之别了。

记得2000年代初，我跟一对日本夫妇讨论着他们家养的宠物狗狗，不经意地问出："是雄还是雌呢？"结果，他们一下子显得非常狼狈，而后慢条斯理地回答说："是个女孩子。"原来，用雄啊雌啊来形容人家的宝贝，简直跟称之为畜生一样野蛮，是不礼貌的。

大约同一时期吧，我也注意到了人行道上散步的先生太太们，推的小车子里坐的往往不是娃娃，而是穿着衣服戴着帽子的狗狗。而且，当他们碰见也推着狗狗车散步的同好之际，彼此称对方为"阿×爸爸""阿×妈妈"。究竟是谁的"爸爸""妈妈"呢，则见仁见智。

然后，来到2006丙戌年。

日本人历来有元旦交换贺年信件的习俗。以前是年底准备一堆专用明信片，拿起毛笔来一张一张亲自书写，后来很多人开始托印刷厂承办。自从1970年代起，富士胶片公司更每年都通过电视广告推出把彩色全家福照片印刷在贺年明信片上的服务；打扮起来的全家老小一同微笑的照片，虽然偶尔在社会上被批评为"炫耀幸福"，尤其是对不育人士的感受不够体贴，但是确实曾风靡一时。谁料到，2006丙戌年的元旦，大家收到的彩色明信片上，不仅有全家老小的合照，而且还包括男女狗猫，再说全家名单后边都加上了宠物的名字和年龄，如：乔治，两岁，男孩。

最爱的对象，不分人与狗

转眼之间，这方面的常识大幅度改变。如今在不少咖啡厅里能见到狗狗和它们的"爸爸""妈妈"在一起歇腿的场面。有些理发店则提供"爸爸""妈妈"跟"小朋友"一起理发的服务；也有些旅馆推出"爸爸""妈妈"跟"小朋友"能同睡一间的方案。

这一切，若用一个社会科学用语来概括的话，便是"宠物拟人化"了。不过，这个词儿倘若当着人家的面说出来，恐怕会得罪那些"爸爸""妈妈"了，因为这样说来，好比他们家的"小朋友"不是人而是动物似的。（"没错，但那又怎么样？"）

在少子化日趋严重的日本，自从2003年起，狗猫总数一直超过十五岁以下儿童的人口。以2014年为例，全国约有两千万只狗猫，相比之下，儿童人口只有一千六百万而已。所以，在各个家庭里，本来小孩子所占有的位置、所扮演的角色，如今由宠物占住、担当起来，也许该说不足为奇。比方说，孩子都已经长大独立却迟迟不生育孙子孙女的老夫妇，双双看电视也没有多大意思，于是让狗猫坐在沙发上，也给尝尝哈根达斯冰淇淋。这样子大家一起边看电视边吃冰果，多少能打造出家庭团圆的氛围来。

日本人养宠物的历史似乎可追溯到公元8世纪，为了不让老鼠咬破贵重的经文，开始从中国进口家猫。江户幕府第五代将军德川纲吉生于1646丙戌年，爱狗猫爱过头，不仅发布臭名昭著的《生类怜悯令》，严厉取缔了动物虐待犯，而且在现中野百老汇御宅街附近开设了总面积达一百公顷的"御犬屋敷"（大狗窝）。在近代文学作品里，夏目漱石的头一部作品《我是猫》非常有名。谷崎润一郎写的长篇小说《猫与庄造与两个女人》也很受欢迎，自从1936年问世，直到今天还能在书店架子上找得到。

虽然人养宠物的历史不算短，可是20世纪末，两者之间的关系显然进入了未曾有的领域。凡事先驱的美国，1985年就出版了关于pet loss（即丧失宠物忧郁症）的专书。今天在美国亚马逊网上书店商品清单上，相关书籍多达两千多本。凡事紧追美国的日本，1997年出现了第一本专书以后，包括美国书的翻译本在内，至今出版了约一百种类似内容的书。

跟宠物离别而感到痛苦，乃人类老早就有的心理现象吧。比方说，日本作家内田百闲1957年发表的长篇散文《野良啊》，就是他爱猫野良失踪，使得作者悲伤至极的真实记录。1987年，中野孝次由文艺春秋出版的长篇随笔《有哈拉斯的日子》以悼念宠物狗为主题。中野夫妇没有孩子，所以中年有缘的宠物狗哈拉斯，对他们来说简直是孩子兼孙子那么可爱。最后失去它的时候，所感到的悲哀之深，作者描写如下："若是最爱的对象，人死和狗死还有区别吗？"

"意外失落感"的社会现象

千禧年前后，从美国传到东方来的pet loss（ペットロス）之概念，居然把心中的悲伤视为一种病症，要从精神医学或心理学的角度治疗。《宠物们死后也活着》《宠物是你的心灵伙伴》《有尾巴的天使们》《去了天堂的宠物们》《宠物知道一切》《宠物教了我死与爱》等书籍吸引了不少日本读者。且让我提醒你：当代日语里，指宠物的单词就是来自英文的pet（ペット），中文"宠物"一词却从没被采用，恐怕是个中的"物"字被嫌弃的缘故。

狗猫去世叫"爸爸""妈妈"感到严重似病的失落感，显而易见是彼此关系过于密切所致。这也不是没有原因。如今在大都会生活，为安全和卫生起见，只好把爱狗、爱猫关在家里饲养，不像以前那样人兽区别从居住空间上就分得清清楚楚：让宠物系上狗链睡在外头，主人则在屋子里钻进被窝睡个香。长期把它们当人、当家人甚至当小孩，或者当伴侣对待的结果，到了离别时刻，自然会跟送走家人一样痛苦。何况这些年头，日本家庭的规模越来越小，2013年全国平均每家只有二点五口人，在东京则只有一点九八口人而已。换言之，家庭中其实大多为光棍独居，失去了唯一的伙伴还能不患上忧郁症吗？

　　在如此的时代环境里，pet loss这个英文新词，很快被日本社会接受，并进入了常用词汇中。要不然，2013年走红的电视连续剧《小海女》结束的时候，念念不忘的粉丝们，也不会用"海女loss"（あまロス）一词来形容心中的失落感。有趣的是，当"海女loss"一词在网络上出现之际，整个日本社会都马上明白其意思，连大众媒体都马上用这个词来报道相关的社会现象。之所以成为社会现象，是由于很多人对自己心中的失落感觉得意外。被引进日本日常用语中的loss一词，可译为"意外的失落感"。《小海女》前后播送了六个月，平均收视率为百分之二十左右。虽然算很高，但也不是最高。以前再红的节目结束的时候，都没听过因此在社会上蔓延忧郁症。《小海女》的特别究竟在哪里？

海女loss，母亲loss

著名精神科医生香山理加解释说：对前后半年每周五天都看了《小海女》的观众而言，它的结束恐怕会造成跟一下子失去四五十个朋友一样的失落感，为了缓和心理冲击，可以在家里放《小海女》的主题曲听，或者自己想想接下来的故事发展等。

以日本东北地方即2011年3月的大地震、海啸、核电站事故之灾区为背景，描述了十六岁女孩和她母亲、姥爷、姥姥、邻居等之间的关系，宫藤官九郎编剧的《小海女》可说是家乡和家庭味道很浓厚的群众戏。大友良英作曲的共二百首音乐、女主角在戏里讲的东北方言等，不乏使观众迷惑的把戏。不过，许多光棍观众上瘾的还是那浓浓的家庭气氛。说实在的，这一点大家心里都很清楚，因此才用pet loss的loss一词来形容心中的空虚感为"海女loss"。可见生活越孤独，失去了难得的精神支柱时受到的冲击也会越大。

把宠物或者电视连续剧当作精神支柱生活，听起来也许很可怜，但那无疑是今日世界相当多人的生活现实。因为一点也不罕见，所以pet loss和"海女loss"都成为一听就懂、不需要注释的流行语。但是，"母亲loss"呢？

在日本颇有地位的《周刊朝日》杂志，于2014年3月和5月，两次报道说社会上弥漫"母亲loss"的现象。它指的是：母亲年迈去世以后，留下来的女儿，虽然自己的年纪都已经不小，有四五十岁了，却出乎意料地被严重的失落感所袭，眼泪流个不停，控制不住地哭泣起来，甚至需要住进医院接受忧郁症的治疗。

失去之后，原本就应该哭的

儿女想念已故父母是再正常不过的，这种亲情的历史比人类还古老都说不定。那么，本来以报道新闻为业的周刊杂志，为何大惊小怪地做出两次专题报道"母亲loss"呢？平心而论，"母亲loss"一词叫人感到别扭的程度跟"pet loss"或者"海女loss"相比，有过之而无不及。思念母亲该是生物最基本的感情，因为她才是自己生命的根源。然而，如今的人类生活在极其人工不自然的环境里，脱离动物的本能远之又远：一会儿把狗猫当作至亲伴侣，一会儿将电视剧的登场人物视为虚拟家族。然后，当现实中失去母亲之际，忽然给自己本能之强烈吓坏，匆匆去精神病医院要抗抑郁药，竟然被大众媒体当新闻报道出来。

我不懂的是，按道理应该对措词最敏感的职业编辑，为何没有发觉"母亲loss"一词明显冒渎人性？这似乎只可能是：长期把宠物、电视人物当虚拟家人过日子的结果，本来天生就具备的将同类和异类自动分别开来的能力出了问题。她们（当时《周刊朝日》的编辑是女性）对母亲去世以后的忧郁感到意外，才采用起"母亲loss"一词的，可说问题蛮严重。好孩子，妈妈不在了，感到痛苦是再自然不过、完全正常的，根本不需要用外国的流行语来煞有介事地描述，更不需要当它是疾病去看医生或吃药。你难过就尽管哭吧。那不是什么症候群，而是人的情感，一点都不意外。

卷三
书写潮流

再见情欲之门！女作家进了佛门

> 濑户内晴美/寂听的一生，若要用一个词来总结的话，似乎只有一个"生命力"了。

当我执笔此文的2017年4月，女作家濑户内寂听以九十四岁高龄，仍然百分百活跃于日本文坛。过去一个月，她不仅有新书《寻访我喜欢的佛像们》问世，而且为卫星电视节目跟常惹是非的女明星泽尻英龙华对谈，也接受《朝日新闻》的访问。她和目前以《九十岁，有什么可喜的?》一书占领畅销书排行榜第一名位置的佐藤爱子（九十三岁），该可称为扶桑两大超级欧巴酱作家。

濑户内寂听，原名三谷晴美，儿时父亲过继给亲戚，全家改姓濑户内。她五十一岁出家，后来用法名寂听继续发表文章。

1922年出生于日本濑户内海边四国德岛县的晴美，是两姊妹的老二，父亲是细木工。她十八岁就离开家乡，到首都念东京女子大学国文系，没毕业之前就相亲结婚，并随教书的丈夫到当时在日本占领下的北京成家，有了个女儿。1945

年日本战败以后，举家回四国家乡。在太平洋战争末期，德岛小镇遭到美军飞机轰炸，母亲和爷爷在防空洞里被活活烧死。丈夫为谋生，先独自去东京，幸亏找到了政府部门的差事。在那期间，晴美在丈夫的遥控指令下，参与当地的选举事务，未料在过程中，跟丈夫以前的学生谈起了恋爱。比她小四岁的学生，就是《夏之残恋》里出现的凉太／田代的原型。不久三口子搬去了东京，可她就是忘不了年轻的恋人，最后留下幼小的女儿离开了丈夫。然而，好不容易在一起的情侣，不知为何恋情再也不能燃烧起来。她不由自主地开始过单身女人的日子，同时也走上了成为小说家的道路。

被叫"子宫作家"的时期

晴美当时二十五岁，到京都投靠东女大时的老同学，边上班边写作。她投给儿童杂志、少女杂志的作品，逐渐开始被接受登在刊物上。耐心等待她回来的丈夫，三年以后终于同意离婚。曾经把放弃女儿的她叫做"鬼"，一时断绝来往的父亲也上了西天。二十九岁的晴美，为了登上文坛而又来到东京，在太宰治生前住的西郊三鹰住了下来，一边写少女小说维生，一边参加著名作家丹羽文雄主办的小说杂志《文学者》。在那圈子里认识的小说家小田仁二郎，就是《夏之残恋》里的慎吾／久慈的模特儿。

小田仁二郎比晴美大一轮，是有妇之夫，可差不多十年之久，有一半的时间在晴美身边。两人之间的关系，既是情侣又是艺术上的同志。就是在小田的鼓励下，1956年，晴美根据北京时期的见闻写了短篇小说《女大学生：曲爱玲》，获得新潮同仁杂志奖，第一次受到了广大文学界的注目。跟着发表的《花芯》以婚外情为主题，被部分评论家说成是黄色小说，作者则被取了"子宫作家"的外号。结果，严肃的文学杂志与她划清界限，不再约稿，叫她饱尝委屈。然而，正如俗话说，塞翁失马焉知非福，通俗杂志的稿约接踵而来，使晴美转眼之间成为流行作家。

那个时候，从前的年轻恋人重新出现在她面前。本来的三角关系，从此变成换了一半角色的四角关系。1963年问世，并获得了"女流文学奖"的《夏之残恋》所收录的五篇小说中，《满溢之情》《夏之残恋》《眷恋不舍》《花冷之季》四篇写的正是当时的四角关系逐渐瓦解下去的过程。只有最后一篇《雉子》描写晴美之前为恋爱而丢下女儿的始末。这些作品，除了登场人物的名字属于虚构以外，架构和情节基本上都反映了作者的亲身经历，正符合"私小说"的定义。

在日本，明治维新以后，从西方引进了小说这一文学形式。20世纪初期到中期的东瀛作家们，犹如西方天主教徒定期到教堂忏悔一般，面对稿纸拿起笔来，就老老实实告白隐私，把人性弱点公开于世，而相信那样才是诚恳的艺术行为。在当时重男轻女的日本社会，小说家大多是男性，尤其是写"私小说"的，以无赖派男作家为主。在这一点上，濑户内晴美属于少数，但也不是例外。

无论男女，都无赖

1961年，她写女性作家的评传《田村俊子》得到了奖赏，以此为自己、为日本文学界开启了新的写作领域。后来陆续发表的女性艺术家、革命家评传有：《女德》（高冈智照，1963）、《加乃子撩乱》（冈本加乃子，1965）、《美在乱调》《楷调则伪》（伊藤野枝，1966）、《蝴蝶夫人》（三浦环，1969）、《远声》（管野须贺子，1970）、《余白之春》（金子文子，1972）、《青鞜》（平冢雷鸟，1984）、《孤高的人》（汤浅芳子，1997）等，可见当年濑户内晴美是日本女性主义书写的先驱。

写有分量的评传的同时，私小说作品也不断问世。从四角关系挣扎出来以后，她跟年轻情人的同居生活却没有维持多久。他经济上依靠女作家，另一方面跟年轻女郎交往，甚至谈到结婚，导致年长的女作家患上神经衰弱，几次闹自杀。2001年问世的《场所》可以说是私小说作品的总结篇。每一章的标题是故乡"德岛"、曾经独居的"京都"、跟小田同居的东京"三鹰""西荻洼""野方"、跟凉太一起住的"练马""中野"、成名以后搬去的"目白关口台町""本乡"等地方，七十八岁年迈而剃头、穿法衣的女作家，一处一处地，隔几十年去重访，并且回想当年，写下感想。

虽然在文坛上成功了，可是曾经放弃过亲生女儿，后来也没有正式结婚，心底的空虚是难以填平的。四十岁以后，她一方面觉得自己过着晚年，另一方面又跟一个有妇之夫搞上男女关系。书中没有写出名字，可是后来当事人都公开承认，那是六十六岁去世的无赖派小说家井上光晴。当他女儿井上荒野2008年获得直木奖的时候，由井上遗孀和老情人濑户内一起陪伴，而且夫人身着丈夫生前跟情人要来的和服，叫台下的观众觉得：老一辈文人圈子，男的女的都无赖得可以。

敢做敢言，一代达人

1973年，五十一岁的濑户内晴美出家。她剃掉头发，并宣布远离男人，但是仍旧吃半生牛排，也喝酒。翌年，她在京都嵯峨野开创了曼陀罗山寂庵，从此以法名寂听行文。曾经放荡的女性小说家，忽然翻身为尼姑，一时轰动了日本社会。不过，她强就强在文笔好，稿量多。在原来的私小说和女性评传的基础上，出家以后，也开始书写有关佛教的作品。1988年问世的《寂听般若心经》销售了四十三万本。1992年发表的一篇上人传记《问花儿》则获得了谷崎润一郎奖。1996年，小说《白道》的成功带来了艺术选奖文部大臣奖。曾经被贬为"子宫作家"的她，过了四十年，七十四岁，终于被日本官方肯定了。翌年，她也被定为文化功劳者。2006年，更收到了文化勋章。

从1996年到1998年，由濑户内寂听翻译成现代日文的古典小说《源氏物语》共十册，由讲谈社出版。原作问世的平安时代贵族们个个都皈依佛教，而且不少登场人物都中途出家。虽然之前也出版过好几种白话版，可是由爱情和佛教两方面的专家濑户内解释起来，当代读者对《源氏物语》的理解，确实能够比原先深刻一些。

后来，每一年她都有好几本新书问世。光是七十岁以后出版的著作，就已经超过了一百种。同时，关于世界和平、废弃核能、反对死刑等社会问题，她都非常积极地发言。在示威、静坐等场合，她光头穿袈裟的样子特别显眼。2012年，九十高龄的濑户内寂听，竟然为反对核能而参加绝食斗争，被媒体大篇幅报道。她的敢言敢做，在日本博得男女老少的支持。早期是私小说作家，后来进佛门修行，而且活到九十多岁，在任何意义上，她都左右逢源，都是达人。果然，在寂庵等地举行的说法会，每次都吸引上千名听众报名，只有抽签抽到的幸运儿才有机会当场聆听。

人活着就是为了死，不死的人最恶心

2014年，九十二岁的濑户内寂听因脊椎压迫骨折住院，其间医生发现了她患有胆囊癌。于是施以全身麻醉，做了大手术以后，有半年时间她只能躺在病床上受煎熬，不能走动，所有在报纸、杂志上的连载，以及在寂庵等地的说法会计划都只好取消。然而，后来恢复的速度和程度简直跟奇迹一般。2016年，九十四岁时问世的《求爱》一书是短篇小说集，由三十篇全部关于性爱的短小故事组成，其中包括婚外情、卖淫、殉情等，恐怕叫正派人士皱眉的话题，很难相信出自高龄尼姑之手。连生病、动手术、受苦的经验，都没有打垮她。反之，被她写成养病散文集的《老化、疾病都接受吧》由新潮社出版了。

概观濑户内晴美 / 寂听的一生，若要用一个词来总结的话，似乎只有一个"生命力"了。在新书的宣传动画里，这位尼姑说："我这次体会到，人出生是为了老化，人活着是为了死去。反正都是要死的嘛。不死的人最恶心啊。那么，尽量死得好看为好（微笑）。"这就是她生了一场大病后的心得。除了"生命力"以外，显然还有很大一块"幽默感"的成分。在新陈代谢颇快的日本文坛上，前后五十多年一直能够保持流行作家的位置，果然归功于她与众不同的"生命力"和"幽默感"。但是，读过她私小说的我们也知道：这位奇特的女性艺术家中年出家前，曾为狰狞的情感，多么厉害地害过自己和别人。《夏之残恋》和获得了野间文艺奖的《场所》，可以说是最好的证据。她的前半生和后半生，两个面貌之间的矛盾，就是文学的所在，没有错。

再见方块字！岛国女人用平假名写随笔

> 时代环境如此迅速地变化，自然就反映到女作家书写的内容上了。每一代的人气随笔作家，都是同代人的生活以及思想的镜子。

日本历史上，最早写随笔出名的是平安时代的女作家清少纳言。公元11世纪初，她用平假名写的《枕草子》至今仍被视为日文随笔代表作品之一。平假名是日本人把汉字改造而成的表音文字，早期主要由女性使用，因而有"女手"的别名，乃相对于"男手"即汉字而言的。

在古代日本，男性官员在政务上用的是从中国传来的方块字，被视为适合理性书写。至于日本国粹平假名，则被视为适合感性书写。因此要写感性文章的时候，连男性都冒充女性用起了平假名执笔；最有名的例子便是纪贯之写的《土佐日记》。

有如此这般的历史，在日本随笔界，直到如今女性作家的存在感都压倒男性作家，也许该说理所当然。我每个星期天乐于阅读的《每日新闻》副刊上，就有小说家吉本芭娜娜和医生海原纯子，以及另两位女作家的随笔连载。在《周刊文春》上连载的林真理子、《星期天每日》周刊上连载的中野翠，都已经写了好几十年的随笔专栏了。前些时日，纯文学作家金井美惠子在《一本书》杂志上的连载随笔《目白杂记》持续了很多年以后最终停止，叫好多书迷难过了一阵子。

个个单枪匹马闯文坛

在我长大的20世纪后叶，曾有一大批文豪级的女性随笔作家。

森茉莉（1903—1987）和幸田文（1904—1990）分别是明治时代的大作家森鸥外、幸田露伴的千金。白洲正子（1910—1998）是台湾日本殖民统治时期第一任总督桦山资纪海军大将的孙女，1920年代就留学美国，嫁给了战后日本的头号帅哥英雄白洲次郎。须贺敦子（1929—1998）则从庆应大学研究生院去欧洲巴黎、米兰留学，二十年后回日本顺理成章地当上了耶稣会经营的上智大学的教授。可以说，直到20世纪末，女作家要在日本文坛上占块地盘，似乎非得要有父权社会承认的家庭或事业背景。包括以《我的厨房》《我的浅草》等生活散文著名的演员泽村贞子（1908—1996），也出身于娱乐界名人辈出的家庭。

这个情形，今天已经大为不同了。例如，当下很活跃的小川洋子、酒井顺子、角田光代、津村记久子等，没有一个是名人的女儿，也没有一个拥有长期在国外留学的经历。恰恰相反，她们是单枪匹马靠自己的本事在日本文坛占到地盘的。

1962年在濑户内海边冈山县出生的小川洋子，早稻田大学文学系毕业以后回家乡，二十四岁就跟制铁公司的职员结婚做了家庭主妇，后来带着一子开始写作，二十八岁以《怀孕日记》赢得了芥川奖。这些年来，她都跟着上班族丈夫居住于不同的小城市，却不停地写作发表作品，也获得过各类奖赏，如今是芥川奖选考委员之一了。小川的经历是中产阶级家庭妇女成功的故事，即使跟小她仅几岁的酒井顺子或角田光代相比，也有点儿像童话里面发生的事了。

不需要父亲的名字来背书

拿1966年出生的酒井顺子为例吧。她还在立教女学院高中的时候，就开始为《Olive》杂志写专栏了，那该是小川洋子在读大学的时候。可是，乡下来的女孩子如小川，来东京上名门大学都只能住在郊外的学生宿舍，一定没有机会出入位于中心区的时装杂志编辑部。酒井则从小在首都长大，读的是著名创作歌手松任谷由实毕业的私立女校，对东京的消费生活了如指掌。再说，时代也帮了她很大的忙。酒井正在读立教大学的1986年，《男女雇用机会均等法》施行，可以说在东瀛女性主义思想正式来临；从此，学校毕业的女生都跟男同学一样出社会做事了。有了自己的工作和收入，就不再需要为生活而结婚。结果，包括酒井在内，她的老同学中的四成一直没有结婚。

1967年出生的角田光代，则在邻近东京的横滨长大。虽然内向的个性跟酒井大为不同，可是她也在就读于早稻田大学文学系时期已开始写小说投给少年文学出版社了。大学毕业以后，角田转往纯文学写作，经几次被芥川奖提名而落选，改写起娱乐小说来，2005年终于获得了直木奖，当时她三十八岁。角田也大学时候就开始写文章赚稿费，从来没有上过班。好在1990年前后的日本泡沫经济叫单身女生都能够以笔维生。虽然在获得直木奖以前，角田的收入不很多，但是一直有足够的钱背着背包去东南亚等地旅行。角田光代结过婚、离过婚，也再婚，可是始终没有生育。她跟结婚生了孩子以后慢条斯理地当上作家的小川洋子，虽然彼此为早稻田大学文学系的前后辈，年纪也只差五岁而已，但是明显属于两个不同的世代文化。

可以看得出来，《男女雇用机会均等法》施行、泡沫经济开始的1986年，对广大日本女性来说是历史的转折点。那一年以后走上社会的女生有了养活自己、单身过日子的选择。果然，文坛上的女作家也不再需要拿父亲的名字当背书了。

讲到这里，叫人非常怀念也替之切齿扼腕的是早五年在中国台湾遭飞机事故而丧命的向田邦子（1929—1981）。她是保险公司小职员的女儿，属于战前日本的中产阶级，大专毕业以后任职于出版社，后来以写广播、电视剧本出名，翻身为作家，五十一岁获得了直木奖，第二年就去世。她不是名流出身，小职员父亲的名字也不够当背书，全然是靠自己的能力出名。尽管如此，她最初在《银座百点》杂志上连载的随笔就题为"父亲的道歉信"，而且她去世以后，有个男作家山口瞳在周刊杂志上发表的文章里认真讨论"向田邦子到底是不是处女"。山口的结论是"她应该是处女"。但她是在娱乐圈混了几十年，享年五十一的公认美女呀。显而易见，在父权仍旧强大的日本社会，她只好一辈子戴上"父亲的女儿"之面具并扮演"老处女"的角色；离"八六后"女作家们自由自在的生活环境相隔十万八千里。

失落一代的代言人

未料，1986年开始的日本泡沫经济，只持续了五年左右就破灭。1990年代以后的日本经济，长期处于衰退的局面。同时，全球化的潮流也越来越不可挡，搞不好要在物价昂贵的日本拿着新兴国家水平的薪水生活了。从1993年到2005年，学校毕业要找工作的新人很多都吃了闭门羹，媒体称之为"就职冰河期"。

1978年出生的津村记久子，比酒井顺子小一轮。历史转折的1986年，她还是个住在大阪的小学生。她小时候父母离婚，被单亲妈妈带大，生活中始终有甩不掉的不安全感。刚上初中，国家经济的泡沫就破裂，整个中学和大学时代，她都在耳边听着"就职冰河期"的诅咒过日子。果然在好不容易加盟的第一家公司里，她遭到上司的欺凌，十个月以后递辞呈，开始边当临时工边写小说了。本来就家计不宽裕的单亲家庭，在"就职冰河期"的风雨中，光求生存就够不容易，哪儿还有心思背起背包去海外旅行？获得了2009年芥川奖的《绿萝之舟》里，仿佛作者津村记久子的女主角，上班的工厂墙上贴着"一百六十三万日圆坐邮轮绕地球"的旅行社海报。那价目恰巧相当于她一年的薪水；可是若愿意只用晚间在咖啡厅跑堂、周末当电脑辅导员的酬劳生活，她可以一年里存那么多钱的。然而，好事多磨，大学时候的老同学带着女儿从丈夫家出来要寄宿，为了帮她们，女主角只好取款借钱给她用。

从1993年到2005年的"就职冰河期"入社会的一群人，被日本媒体称为"失落的一代人"（lost generation），正如上世纪20年代的欧美年轻人。2000年大学毕业的津村记久子常被当作同代人的代言者。对她这一代人来说，工作不再是选择而是义务，因为他们这一代的男生，也一样经历"就职冰河期"而失落。像小川洋子的丈夫那样，轻松养得起妻小的上班族男人，在如今的日本社会，越来越少到几乎绝灭。

普普通通一个人也可以过幸福日子

时代环境如此迅速地变化，自然就反映到女作家书写的内容上了。每一代的人气随笔作家，都是同代人的生活以及思想的镜子。20世纪后叶的文豪级女作家，曾是同代女性读者的偶像。当时国家经济还在增长中，所以即使一时只有羡慕的份，说不定过了几年以后，读者自己也能够去偶像们曾在文章里写到的地方。事实也就是那样；很多日本女书迷都拿着须贺敦子的散文集而上了往意大利的飞机，到了米兰街头，就认真寻找作者年轻时候的影子。

到了"负成长"（实为衰退的委婉说法）的21世纪，随笔作家的社会角色果然也有变化。津村记久子的随笔集，在书腰上写的广告文案：普普通通、一个人，也可以过幸福的日子。显而易见，作家再也不是偶像了。她自己甚至在后记里写道："像我这样普普通通的傻瓜，也好歹活下来了，各位读者不妨把我当作底线呀。"曾经被仰视的偶像，如今竟变成了底线！

不过，津村并不是自卑的。反之，她很清楚地知道随笔作品在日本社会一直存在到今天的理由。她写道："我衷心希望，你们各自的种种情况不会叫你们自责；如果有哪里的坏家伙自行判断你们的幸福和不幸，而要说三道四的话，请拿这本书给人家看，并且说：你看，世上竟有人老想着这样没用的事情，而她还是个作家呢。我相信至少会让对方觉得棉花堆里打拳一样，白费了气力。"这究竟是什么意思？也许用了方块字就比较难沟通吧。总之，她在普普通通的外表下，其实拥有很浓厚的侠气和同情心呢。换句话说，这就是日本传统的平假名书写，特别能够触摸读者的心弦。

再见刘海！小说家的额头光亮亮

> 虽然是位当代日本作家，小川洋子的作品包括小说和散文，始终洋溢着一种很遥远的感觉，好比她是几百年前在欧亚大陆某处的作家一样。

在当代日本纯文学作家当中，除了村上春树和吉本芭娜娜之外，最多作品被介绍到国外去的小说家，大概就是小川洋子了。获得了1991年芥川龙之介奖的《怀孕日记》、2004年读卖文学奖的《博士热爱的算式》、2006年谷崎润一郎奖的《米娜的行进》等作品，纷纷翻译成英文、中文、法文、意大利文等，并且受世界读者的肯定和欢迎。其中，法国读者似乎对她的作品情有独钟，1994年发表的《无名指的标本》更于2005年由女导演迪亚娜·贝特朗拍成了电影。

小川洋子1962年3月30日出生于日本冈山县冈山市。那儿是面对濑户内海，人口约七十万的中等规模城市。父亲是国家公务员，在日本社会属于中上层。

小时候的她不善于社交，倒喜欢一个人逍遥于小说世界里，父母就给她订了《世界少年少女文学全集》，每个月送来一册。她放学回家以后，边看书边吃母亲手工做的饼干、布丁、苹果派等西点。每天早上，母亲都用梳子和橡皮筋把宝贝女儿的前发扎在头顶上，免得前额被遮盖而影响学习；她希望女儿长大以后考得国家资格而经济上独立，不必生活上靠男人。

从小爱文学的良家千金，高中毕业后上东京早稻田大学文学系，当上村上春树的直系学妹。四年后毕业，她回家乡，在一所大学医院当秘书。不久结婚而辞职，但是显然在心底有文学抱负，并没放弃。二十六岁写的《毁灭黄粉蝶的时候》获得海燕新人文学奖。二十七岁生孩子以后也继续写作，二十八岁赢得芥川奖而登上了中央文坛。从次，小川洋子的文学事业未曾间断过。2007年起担任芥川奖选考委员，如今可以说是日本文学界的慈母了。

阪神区的特有洋气

《总之，去散步吧》是小川洋子从2008年到2012年，每个月在日本《每日新闻》上连载的散文集结而成的书。当时她由于丈夫的工作，住在大阪和神户间的芦屋市。

那里是谷崎润一郎的故地及其代表作《细雪》的背景，也是村上春树的故乡及其出道作品《且听风吟》的背景。小川也写过以芦屋为背景的半幻想小说《米娜的行进》。看过三本小说的人，大概会感觉到所谓"阪神间"地区特有的洋气，或者说日本其他地方少有的开朗氛围吧。芦屋北边的六甲山是当地有钱人夏天去避暑的地方，至于《六甲落山风》则是当地阪神老虎棒球队的主题歌。在南边芦屋川岸上，西班牙式别墅鳞次栉比，对面则有一片又一片的网球场，前方是松树林后面看得到大海。在这块全国数一数二的高级住宅区，四十多岁的中坚女作家每天牵着宠物狗拉布去散步几次。对整天躲在家里写作的小说家而言，它是最亲密的家人，何况狗的名字"拉布"，虽然该是取自"拉布拉多犬"，但日文发音跟英语爱情（love）不谋而合呢。

从小就拥有幻想的自由

虽然是位当代日本作家，小川洋子的作品包括小说和散文，始终洋溢着一种很遥远的感觉，好比她是几百年前在欧亚大陆某处的作家一样。有可能是她身在远离首都东京、跟中央文坛隔绝的地方，一个人默默地埋头写作的缘故。有可能是她从小到现在都喜欢独自逍遥于文学作品里的缘故。好像在她脑海里，总是打开着好几本书；在现实中发生的任何小事，都随时会跟虚构的故事混杂起来似的。比方说，《总之，去散步吧》收录的每一篇文章里，都出现一本甚至好几本小说，而她的叙述从现实生活出发，经过小说再回到现实中来，或者又进入另一本小说里去。所以，当我们看完一篇文章的时候，犹如刚梦醒一般。也许，小时候不善于社交、专门做白日梦的女孩子，一直留在小川洋子的心灵里吧。她简直还是一边吃妈妈做的饼干呀、布丁呀、苹果派呀，一边看刚收到的《世界少年少女文学全集》其中一册的样子。果然，这么多年，她额头仍然那么发亮着，从不让刘海遮盖而影响她思考。

我和小川洋子生在同一年，彼此的生日又只差两个月，而且读的都是早稻田大学。在那几年里，相信一定曾在图书馆或在学生餐厅擦肩而过。所不同的是，毕业后小川洋子就乖乖地回家乡，我则远走高飞漂泊了十年。现在我明白，她为什么愿意回家；因为她从小在父母家就拥有沉湎于幻想的自由，所以不必离家出走去为自己确保创作的空间。每个月书店送来刚出版的厚厚一本文学书，每天在饭桌上摆着妈妈亲手做的西式点心。那种有产阶级的生活，是我等草根阶级只有梦想之份儿的奢侈。就是因为有那优良的成长背景，小川洋子的文笔方能轻松地摆脱现实的约束而往想象中的世界起飞，让我们读到华丽神奇的当代天方夜谭呢。

再见虚弱！女孩子家都要坚强

角田光代常提到小时候曾身体虚弱，别人能做的事情自己往往做不到。但是，成年以后，她离开家独立生活，练拳击又开始跑步，勇敢地面对来自人生和世界的挑战。

即使生活在同一个国家社会，不同的世代始终属于不同的文化。1967年在东京郊外横滨市出生的角田光代，从早稻田大学文学系毕业的1989年，恰好为日本经济空前繁荣的所谓"泡沫经济"时期。

早两年，她以《不再能做翻转的时候》（さかあがりができなくなる顷）被昴文学奖提名；早一年以笔名彩河杏写的《小朋友套餐·摇滚沙士》（お子样ランチ·ロックソス）赢得了Cobalt轻小说奖。也就是说，当年的她是刚刚出道还在奋斗中的新人作家，估计并没有真正尝到"泡沫经济"的甜头。尽管如此，年轻时候的时代环境，永远是一个人身上的烙印。角田还是深受着"泡沫文化"的影响，否则，经济上不太宽裕的二十几岁到三十出头，怎么会想到年复一年都背上背包去东南亚等地方旅游好几个星期？不外是因为学校

毕业做了上班族的同学们经济上有条件去美国、欧洲等地观光、吃美食、购买名牌手提包，叫埋头苦干的文学女青年都觉得：即使去不成欧洲，也该可以去邻近国家走走，好在自由职业有的是时间。

结果，一个人背包旅行的经验让她的眼界和思想比别人开阔，为日后写小说积累了很多素材。只是，在后生的"失落世代""宽松世代""领悟世代"的日本人看来，恐怕不太能理解：怎么手头上的钱并不多，还要特地去国外背包旅行吃苦？留在日本家中不是更舒服吗？于是，阅读角田光代的旅游散文集《踏上旅程吧，收集从天而降的点点微光》，跟她同一世代的日本读者会有很强烈的认同感，年轻一代读者反而会感到有一点距离。幸而，对旅游文学来说，距离也会是优势，无论是在地理上的距离还是在感觉上的距离，都会产生一种吸引力叫异国情调。另外，年轻时常去发展中国家的经验，使她如今能够接连在印度、巴基斯坦、非洲等地写社会报道文学。

人生马拉松的陪跑教练

早稻田大学历来作家辈出：村上春树、五木宽之、栗本熏、恩田陆、小川洋子、丝山秋子、重松清、朝井辽等比比皆是。跟学长、学姐们的华丽文学经历相比，角田光代走来的路应该说不太顺畅。

1990年以《寻找幸福的游戏》赢得了海燕文学奖以后，从1993年到2000年，总共六次，她在芥川龙之介奖和三岛由纪夫奖的选考过程中入围，却都没有得奖。芥川奖和三岛奖是日本最有地位的两个纯文学奖；角田的笔力显然足以被提名，但是未能得奖。那是从她二十六岁到三十三岁，正逢一个人背背包去东南亚的时期。然后，她好像刻意改变文风，写少年小说《学校的蓝天》，以《我是你哥哥》获得了坪田让治文学奖；而后又写起以都会女性为主角的小说，以《空中庭园》获得妇人公论文艺奖；2005年，三十八岁时终于以《对岸的她》赢得了直木奖，即日本最有地位的娱乐小说奖。

至今十余年，角田光代不停地写小说，也常在杂志上发表纪行文、食记等。在日本新旧书市场上，她的著作共有四百五十七种之多。这些年，她不仅获得了一个又一个文学奖，而且如今更成为山本周五郎奖、川端康成奖、松本清张奖等的选考委员了。

角田光代常提到小时候曾身体虚弱，别人能做的事情自己往往做不到。但是，成年以后，她离开家独立生活，练拳击又开始跑步，勇敢地面对来自人生和世界的挑战，也无论如何都不肯放弃从小的志愿：当上职业小说家。在今天的日本社会，不管是男的还是女的，学校毕业以后都得出社会工作，而为了承担工作上的责任，大家都需要坚强。在这个时代环境里，文学家以及文学作品，一方面要为众读者提供奋斗的目标，同时也要鼓励搞不好会落伍的朋友们。经过多年的努力和坚持，最后成为名作家的角田光代，可以说是一身能兼顾两务的难得人才。

最后补充一点，角田光代也体现了新一代日本女性的生活和思想。从大学时期起，她就有过同居男友以及前后两位丈夫，但是没有生育，宠物猫儿当然是要养的，也许是选择的结果，也许是偶然所致。反正，日本社会有很多类似的女性，该说是时代环境所必然导致的。不过，在她们身上，时间一样会过去；例如她双亲都已往生。对不少读者来说，角田光代的存在犹如人生这项马拉松比赛的陪跑教练。她那副曾经虚弱后来坚强的形象，于是就有了加倍的鼓励作用。

再见希望！还好有作家愿意当底线

> 这种书写果然赢得同代人的热烈支持，因为那才是他们真正过的日子，而每个世代都需要发言人。

每个世代都需要发言人。津村记久子可以说是日本所谓"失落世代"的发言人。

"失落世代"指从1993年到2005年之间，从学校毕业出了社会的一代人。当时日本经济不景气到谷底，新人找工作特别困难，媒体称之为"就职冰河期"。1978年1月23日在大阪出生的津村记久子，于"就职冰河期"正中间的2000年毕业于京都大谷大学。在好不容易进入的公司里，她遭到上司的欺凌，只好十个月以后递辞呈转职。之后，她边上班边写作，2005年以《等待放晴的日子》（マンイータ）获得太宰治奖而受到注目，2009年以《绿萝之舟》得到芥川龙之介奖。

津村记久子写的是日本社会中下层的年轻人。获太宰治奖作品的主角是三流大学的女学生堀贝。她没有交过男朋友，却不肯承认自己是"处女"，反之要用"童贞女""不良库存"等去掉男性观点的词语自称，显然是被男性中心主义的社会反复欺负而心里受伤所致。她本人以及朋友们都多多少少遭受过虐待，乃来自家庭、学校、广大社会等各方面的。老一辈的著名作家松浦理英子高度评价这部小说，写道："它具备着诉诸读者灵魂的力量，是一部杰作。"

又如《绿萝之舟》的主角长濑，她有住处、有工作、有得吃，并不符合传统意义上的弱势族群。可是，父母离婚以后长期跟母亲两个人住的房子已经破旧，收入偏少导致她兼做三份工作，吃的又是买来的廉价便当。再说，她周围的老同学们都处于差不多的处境，显然构成一个社会阶层。在经济低增长甚至负增长的社会里，即使暂时的衣食住行不成问题，总是得小心翼翼地盘算着手头上的钱还有多少，以便确认短期内不会挨饿，但不可能对未来抱有任何希望。

对未来有没有希望？

村上龙于2000年问世的长篇小说《希望之国》里，就让登场人物说过："这个国家什么都有，就是没有希望。"当国家经济开始萎缩之际，国民生活并不是一下子就变很穷的，但是之前在社会上自然充斥的对未来的希望会首先蒸发掉。同一年入社会的津村这一代人面对的就是那么一个时代与社会状况。当年小泉纯一郎首相带领的长期政权，推行新自由主义经济政策，打破了日本曾有的终身雇佣制即铁饭碗，结果劳动市场上低薪而临时性的非正规工作越来越多。当时的流行语是"胜组VS.负组"，可是过了十五年，简直多半的日本社会都沦落为"负组"的样子了。

在"失落世代"之前，从1986年到1993年之间入社会的这一代人，则被称为"泡沫世代"；当时找正规工作易如反掌，收入也偏高，每年的期中和期末，还能期待可观的奖金。在那样的时代和社会环境里，二十多岁的年轻人都买得起名牌服装、皮包，也常到国外度假旅行，跟《绿萝之舟》的女主角谨慎考虑能否储存工厂里工作一年得来的薪水去坐轮船周游世界，呈现明显的对比。在"泡沫世代"和"失落世代"之间最大的差别在于对未来有没有希望，而其背景是非正规工作的增加，即经济全球化的进展。

每个世代都需要发言人

跟20世纪女作家们曾经写的家庭、恋爱、消费生活不同，津村记久子主要写工作，即职场上的喜怒哀乐。如今全球化潮流波及日本，留在家里伺候丈夫、孩子的"专职主妇"早已成了昔日的传说；反之，不分男女都要把时间卖出去换成金钱生活。老实说，由年长的读者看来，津村书写的内容低调得简直令人不敢相信。难道小说家不再给读者看华丽的梦想了吗？她一本散文集的书腰上竟然写着："既低调又单身，也可以过得幸福呢。"上个世纪的女作家们写了帅哥男友、海外旅行、高级餐厅；津村记久子则写女同学、郊区的商场、连锁餐厅。令人大开眼界的是，这种书写果然赢得同代人的热烈支持，因为那才是他们真正过的日子，而每个世代都需要发言人。

如今在全球化的世界，大多数人过着很低调的生活。从这一点来看，津村记久子的书写可以诉诸全世界工作的人们。她在日常生活中找到的小小乐趣，也会引起各地读者的共鸣吧。《铆起劲来无所谓！》日文原版的后记里，作者写道："像我这样普普通通的傻瓜，也好歹活下来了，各位读者不妨把我当作底线呀。"她显然志愿要写疗伤文学；这其实是自尊心很高的人才能承担的高贵任务。津村记久子已辞职，当上职业作家，并且获得了2013年川端康成文学奖和2016年的艺术选奖新人赏。希望今后她越来越多的作品被翻成中文，能到达中国读者的手中以及心中。

再见太平洋！我们到后山去

说到花莲、台东，很多人都想到蓝色的天空和大海似的，发呆一会儿，然后叹口气说"好美"，感觉挺像酒井顺子书名中的"幸福"。

有一次在台北，我向一位朋友提到："工作完了就要坐火车去宜兰了。"

他的反应出乎我的意料，于是留下了特别深刻的印象。

"宜兰是我老家。你知道吗，每次从台北坐火车回家乡，经过多座隧道，终于在左边看到大海时的感觉，简直像川端康成小说《雪国》的第一句：穿过县界长长的隧道，便是雪国。"

当时我觉得怪里怪气，因为诺贝尔文学奖得主写的是积雪的日本海岸，你的故乡是阳光灿烂的中国台湾东岸。然而，很多年以后，看着酒井顺子写的《里日本的幸福》，我忽而拍起大腿领悟到：其实，他的感觉是非常准确的；日本海在多数国人的印象中，的确是跟中国台湾东岸一样的"后山"。

表里日本与台湾后山

酒井一书的日文原名叫《里が、幸せ》，只是在中文和日文里，"里"字所指的意思不完全一样。日文中的"里"（うら）相当于中文的"后边"或者"背面"。所以，"里街"（うらまち）是"后巷"，"里书"（うらがき）是"背书"，"里金"（うらがね）是"小金库"，"里社会"（うらしゃかい）是"黑社会"。怪不得，曾被叫做"里日本"（うらにほん）的日本海沿边地区居民提出了抗议。结果，如今在日本的主流媒体上已经看不到"里日本"一词了。但是，把太平洋沿边看成"表日本"（おもてにほん），把日本海沿边看成"里日本"的感性，仍然保留在多数日本人的心目中。所以，即使书名委婉说"里"（うら），大多数日本人马上晓得是日本海边的意思了。

中国台湾东岸之所以被称为"后山"，是历来汉人移民建设的城市如台南、彰化、万华等都在面对台湾海峡的西岸所致吧。相比之下，台湾东岸面向的是无边无际的太平洋。虽然在语言文化方面跟台湾原住民有很多共同点的南岛语诸族都住在大海那边，但是由中国大陆出身的汉人角度来看，那无非是化外之海。日本海的情形有点不一样，毕竟，古代从中国、朝鲜半岛传到东瀛的先进文化，无例外地都是渡过日本海而来。全日本两大神社之一出云大社就位于日本海边岛根县。直到公元19世纪的江户时代末期，从商城大阪经濑户内海、关门海峡，沿着日本海岸一直航行到北海道的"北前船"曾是日本国内首屈一指的重要贸易路径。具有歧视味道的"里日本"一词普及，则是促使日本打开国门而进行近代化的美国船只出现在太平洋岸，使得位于太平洋岸上的横滨、神户等渔村翻身为开放港口，把先进的工商业文化设施以及铁路等都领先在太平洋岸建设以后的事情。

一个人的铁路旅行

酒井顺子是以描写单身女性生活及意见的散文集《败犬的远吠》而走红。她在东京出生长大，就读圣公会开设的立教女学院，从高中时期开始就在商业杂志上写专栏，至今做了三十多年的职业作家。她的优势是一方面精通东京的女性流行文化，另一方面则以局外人的视角加以分析。她的文笔往往散发出男性御宅的味道来，却对日本女性的生活细节永远格外亲近熟悉。

曾经在日本，对铁路感兴趣的主要是男性，铁路书写也被松本清张、西村京太郎等男性推理小说家垄断。公然表明喜爱铁路旅行的女作家，酒井顺子大概是第一人。她为自己塑造的角色是女校里的T，喜欢专门做传统上属于男性圈子的活动，包括一个人的铁路旅行在内。直到1980年代，日本很多旅馆都不接待单独女客，怕是失恋了想不开，搞不好晚上要上吊了事等。后来，职业女性增加，为出差或者休假，一个人出来的女性就多起来。旅馆业方面也舍不得错过女客生意了。尽管如此，单独旅客在日本始终是例外；不分男女，多数人还是选择跟异性或同性朋友一起旅行，选择单独活动的，若是男性就被视为御宅，若是女性则被视为败犬。好在今天日本的御宅/败犬一族有了个口齿清楚的代言人：酒井顺子。她为单独游客们选择的旅游目的地，就是少有人走的"里日本"，该说顺理成章了。

赶紧去看看里日本

原来，酒井在立教大学读的专业是观光学，怪不得对各景点的市场潜力很有辨识力，加上她对日本文学的造诣又深。在这本书里，她就通过川端康成《雪国》、水上勉《风的盆恋歌》等以"里日本"为背景的小说，来探讨外地以及本地出身的日本人对"里日本"有什么样的看法、印象。最后，她也指出来，日本的政治领袖中，"里日本"出身的政治家占的比率非常低，才一成左右。其中最著名的是新潟县人田中角荣。他不仅来自"里日本"，而且只有小学文化程度，恨不得拉高故乡"里日本"在全国人民心目中的地位，所以他执政期间策划的北陆新干线近年终于开通，让"表日本"居民去日本海边比原先容易多了。果然，酒井顺子的这本书跟北陆新干线于2015年几乎同时问世。要不然，"里日本"真的很少受到主流媒体的关注呢！

这些年，台湾人对东海岸的印象变得正面多了。说到花莲、台东，很多人都想到蓝色的天空和大海似的，发呆一会儿，然后叹口气说"好美"，感觉挺像酒井顺子书名中的"幸福"。相比之下，日本人对"里边"的心中距离还相当远；听到日本海，首先想到的仍然是"冬天下大雪吧？"而个中明显有贬义。结果，酒井顺子在《里日本的幸福》里介绍的很多景点，都还没有太多日本游客去过。所以，中文版的读者看完之后，赶紧去走走，保证能看到没被过度商业化的旅游景点。不亦乐乎？

再见暴发户时代！潮流是"极简"

> 如今的中国人有点儿像过去曾被贬为"经济动物"时候的自己，所以皱着眉头的同时，不能不觉得有点心疼。

香港天后地区曾有家日本餐厅叫"利休"。有一次，带我去用餐的当地朋友说："日本人真的很谦虚啊，做生意还取'利休'这样的字号；若是华人的话，则一定会取'利丰''利发'等了。"我匆匆回话说："嗯。不过，'利休'这个店名应该是取自'千利休'，即在日本被誉为'茶圣'的茶道创始人的名字。"对方稍微不好意思地说"原来是这样"，而并没有追问我"那位'千利休'又为什么要取这么谦虚的名字呢？"不过，作为华人，他觉得"利休"这样的名字实在不上进也说不定。

看着中野孝次写的《清贫的思想》，我不由得想起那次在香港的对话。这本1992年日本的畅销书，开头就讲到公元16、17世纪的文人本阿弥光悦和他母亲妙秀有关茶具的故事。当年千利休去世后不久，众人对他树立的"侘茶"之概念还不很清楚。利休的主人丰臣秀吉、织田信长等武士领袖都欣赏好茶具到当作俸禄送给部下的地步，再说利休自己生前也劝过弟子们：即使一件也好，要拥有好茶具而日常使用。所以，当有眼光的本阿弥光悦看到顶好的茶叶坛子时，就卖掉房子，还跟别人借钱都要得到是情有可原的。终于把它拿到手的光悦，就高高兴兴地带到他主人家加贺国诸侯前田老爷那里报告。果然他老人家看到了也拍手喝彩，以致周围的家臣们要以巨款当场买下让主人拥有。此时光悦却板着脸说："这是老爷每年给我的俸禄存下来买的，我今天带来是为了感谢老人家并分享眼福而已，并不是来做买卖的。"他的一言一行叫众家臣生气，唯独他母亲妙秀听到后夸儿子道："你做得很对。"

掀起日本宠物热潮的先驱

中野孝次1925年在东京东郊千叶县出生。他父亲是老派的木匠，要儿子乖乖地继承家业，并坚决认为平民子弟不需要受高等教育。因此孝次小学毕业以后就没能上中学。后来，他靠自修苦学考得了中学毕业资格，并经九州熊本夏目漱石曾执教过的第五高等学校，终于考上最高学府东京大学文学系德文科。毕业以后，任教于东京的私立国学院大学，早年翻译过卡夫卡的《城堡》、格拉斯的《狗年月》等德文小说。1966年，当时四十一岁的中野孝次被大学派到奥地利首都维也纳去进修，其间邂逅了16世纪佛兰德斯画家勃鲁盖尔的作品《雪中猎人》，开始在整个欧洲开着甲壳虫到处寻找这位画家的作品。勃鲁盖尔的很多绘画都以农民生活为主题，让平民出身的中野绕了远道后重新发现自己曾一度嫌恶而放弃的日本庶民文化。回到日本以后，他开始写关于日本历史、古典文学的随笔及自传体小说，以1976年问世的《往勃鲁盖尔的旅行》获得日本随笔作家俱乐部奖而登上文坛。

底层出身的少年曾热烈向往西方文化，然而中年为研究文学去欧洲长期逗留所体验的现实，残酷地破坏了早年的憧憬。显然那一次的经历使中野孝次从一名学者演变成一名作家。跟着《往勃鲁盖尔的旅行》，他写的自传体小说《麦子成熟的日子里》也获得了1979年的平林泰子文学奖。那奖赏是底层出身的女性小说家为"把生命献给了文学但得到的好报不多的人"举办的。好在1980年代以后，中野得到的好报可不少，几乎每年都出版几本书，其中从日本古代历史取材的随笔类约占一半。尽管如此，真正使他爆红的是1987年由文艺春秋出版的长篇随笔《有哈拉斯的日子》，乃写他对宠物狗之爱。中野夫妇没有孩子，所以中年有缘的宠物狗哈拉斯对他们来说简直是孩子兼孙子那么可爱。最后失去它的时候，所感到的悲哀之深，作者描写如下："若是最爱的对象，人死和狗死还有区别吗？"《有哈拉斯的日子》1989年拍成电影，著名演员加藤刚和十朱幸代扮演中野夫妇。该作品可以说是日本宠物热潮的先驱。

为了过真正充实的人生

可见，中野孝次曲折而丰富的人生经历使他的观点不同于其他的作家。当1992年元旦，他拿起笔来书写《清贫的思想》的时候，早些年膨胀的日本泡沫经济刚刚破裂，可是大多数日本人还没有意识到这一次的沦落到底会多长、会多深。

中野执笔这本书的动机，在前言里写得清清楚楚。20世纪末日本经济很发达，世界每个角落都看得到日本制造的汽车、家用电器以及爆买名牌皮包、皮鞋的游客。可是，大多数外国人以为：日本人是只懂得买卖的暴发户，对文化、艺术、哲学等一点知识都没有。我记得1970年代、1980年代，曾有过很难听的英文流行语叫做"经济动物"（economic animals），就是指当年的日本人。现在想想，跟如今"日本人文静"的印象相差十万八千里。精通外语的日本作家中野孝次，常常受外国机构的邀请去做有关日本文化的演讲。在当年那个时代环境里，他希望能够改善外国人对日本的印象。于是向听众讲：其实在日本历史上，曾有过很多很棒的人物，而且他们的共同点跟当下被批评的"经济动物"正相反，乃重视"清贫的思想"的。

据该书前言，每次演讲他都以"日本文化的一侧面"为主题，介绍了良宽、兼好、芭蕉、西行、光悦、池大雅等人的故事。虽然他们生活的时代、从事的事业都不一样，但是有个共同点：从不追求金钱和名誉，专门追求心中的满足。

良宽、兼好、芭蕉、西行、光悦、池大雅，在日本可以说是相当有名的历史人物。一般的国中生也至少知道其中一半：良宽和尚（1758—1831）是童书里面常跟小朋友们玩球的和善爷爷；吉田兼好（1283？—1352）和松尾芭蕉（1644—1694）则是语文教科书里一定提到的古典作品《徒然草》《奥之细道》的作者；池大雅（1723—1776）的山水画在中学美术课本上刊载的频率也颇高。另一方面，读过些书的大人之中，没有人不知道著名歌人西行（1118—1190）的和歌作品如：若许愿，想在春天花下死，那二月的望月时分。毕竟，每年樱花盛开的日子里，在报刊上或电视上肯定有人要引用这首老歌来讨论日本人对樱花的集体爱慕。至于本阿弥光悦（1558—1637），即使在日本大多数人也只听说过其名而不知道其人。所以，《清贫的思想》从他的故事开始，正好能引起日本读者的兴趣。

这本书爆红的1990年代初，日本社会位于历史上很大的转折点。1980年代末经历了几年嘉年华般的泡沫经济，不少日本人似乎患上狂躁症一般：天天出门去高级餐厅吃外国菜，喝外国酒，穿名牌时装，抢计程车坐远路回到郊区的居家去。坐飞机到伦敦、巴黎、米兰、纽约，旁若无人的暴发户行为叫当地人皱眉，但是他们自己却注意不到。日本人根本忘记了：过去很长很长时间，祖先们是在没有自然资源却灾害不断的狭小岛国，质朴、节约、老实、谦虚地过日子，否则今天的日本人根本不可能存在了。也就是说，不仅外国人不知道，连日本人自己都忘记了在这群岛屿上曾经存在过的文化清流。于是本来要向外国人宣扬日本国粹"清贫的思想"的中野孝次，这次要向本地年轻一辈说一说：我们日本的历史上，有过很多文人重视精神上的富有而不在乎物质上的富有；为了过真正充实的人生，他们主动选择"清贫"这样的价值准则。

脱俗的价值观念

讲回开头的本阿弥光悦吧。他在书法、陶艺、漆艺、出版、茶道、建筑设计等很多方面都出类拔萃，于是被誉为"日本的达·芬奇"也不奇怪，光是被日本政府指定为"国宝"的作品就有一件茶碗和一件漆器，至于"文化财"即文物则超过二十件，除了东京国立博物馆以外，大阪、京都、美国西雅图等多所美术馆都藏有他的作品。本阿弥光悦出身于京都的刀剑鉴定、研磨世家，本身属于庶民阶级，事业上却常跟武士阶级来往，结果，他兼有武士的审美观和庶民的伦理观。再说，光悦的父亲光二是入赘女婿，他母亲妙秀才是本阿弥家血统的继承人，因此关于她的种种有趣花絮，才在《本阿弥家行状记》里被记录下来流传到今天，否则的话，在重男轻女的日本社会，一个媳妇的故事根本不会成为历史的一页。

中野孝次显然着迷于本阿弥家母子；他竟然把文言写的《本阿弥家行状记》一书翻译成现代日文，1992年由河出书房新社出版，书腰上的广告文案说：刚直的人光悦、慈悲的人妙秀。至于有关本阿弥妙秀的传说实在很多：有一次，当年掌权的织田信长误会了妙秀的丈夫光二，她亲自出面并双手抓住信长骑的马向信长陈诉；不管孩子们、孙子们送她什么好东西，都要分给别人包括乞丐，最后她去世的时候，留下的只有几件衣服和被褥而已。

本阿弥家母子那般超脱、脱俗的价值观念，究竟来自何处？中野孝次认为，该是来自佛教思想。不仅是他们母子，《清贫的思想》提到的吉田兼好也深受佛教的影响，至于良宽和尚更不在话下了。换句话说，"清贫的思想"其实并不是日本国粹，而是发源于古代印度的佛教思想，经过中国以及朝鲜半岛传到东瀛来以后，由良宽、兼好、芭蕉、西行、光悦、池大雅等一个一个僧人、文人、思想家身体力行，活出来的结果才是"清贫的思想"。其实，包括千利休创始的"侘茶"在内，许多日本国产文化也多多少少受老子、庄子等中国思想家的影响。池大雅的南画作品显而易见是学中国文人画的：他的代表作品之一《十便十宜图册》就是根据清李渔写的《十便十宜诗》，把隐遁生活的乐趣呈现在纸张上。

清贫的思想，一夕爆红

那么，"清贫的思想"是东方才有，西方没有的吗？中野写道："东方人的自然观是开阔胸怀，去追求天人合一的境地，西方人的自然观却是要克服而控制住的，可说正好相反。"他曾在维也纳感受到封闭场所恐惧症那种忧郁，一个原因是在完全人工的巴洛克城市里感觉不到大自然的气息。尽管如此，中野也极其看重天主教圣人亚西西的圣方济各、20世纪德国的社会心理学家弗洛姆等哲人的事迹和著作。使他的价值观念转变一百八十度的勃鲁盖尔，亦显然懂得脚踏实地过日子的重要性。果然，在西方文明和东方文明之间，相通的事情也很多。

那么，接近20世纪末的1992年，《清贫的思想》在日本爆红的原因究竟是什么？显而易见，当人们在一时的繁荣中，忘记了本国历史上曾存在过的另类、非物质主义思想的时候，由中野孝次一级精通古今东西思想的文人来重新挖掘、讲述古人故事，竟然起了社会性苏醒药的作用。

尤其像歌人橘曙览（1812—1868），为了专做文学，三十几岁就把全部家产让给弟弟，特地选择跟妻小一起过充实、快乐但极其贫穷的日子，普通现代人是很难理解的。可是，他歌集《独乐吟》里的作品，如"乐趣为，偶尔买来煮的鱼，孩子们说着美味吃下时"，还有"乐趣为，慢慢翻看的书本里，发现有人似自己"等，都呈现着人间神仙一般既具体又高迈的境地，因而具备叫势利眼的现代人大开眼界的冲击力。还有，在《方丈记》作者鸭长命（1155—1216）笔下的音乐爱好者们，吹箫、吹笛子或者弹琵琶，一旦入迷起来，就连天皇呼唤都不理会。世人觉得他们愚蠢至极，鸭长命倒赞美他们对音乐的纯情以及脱俗的态度。可见，清贫不是被动的状态，而是主动选择的生活方式。他们对金钱和荣誉等现世利益的淡然，由凡人看来简直跟成仙了没两样，因而叫人肃然起敬。

极简生活，每天都感到幸福

自《清贫的思想》一书问世而几乎轰动了泡沫末期的日本社会，至今又过了约四分之一世纪。其间，日本经济长期低迷，今天的年轻人不知道经济增长是怎么回事了。尽管如此，他们也不一定很悲观；毕竟，跟世界很多地方比较，日本社会的现状还不算那么糟糕。虽然手头上的金钱不多，将来收入会不会提高也很难说，可是如今的日本年轻人对物质的欲求也不很高了。他们不想买汽车，不想去国外旅行，与其外出在高级餐厅花大把钱，倒不如在家里跟好朋友们一起吃从超市买来的食品，喝从便利店买回来的发泡酒。

在那些年轻人之间，最近很流行的生活方式就是极简主义（minimalism）。那本来是艺术、建筑、音乐、哲学等领域里的概念，追求简单之美。如今，极简主义一词却应用到生活方式上来了。身体力行极简主义的"minimalist"，甚至在2015年的日本流行语大赏里入围。这股潮流，是1979年出生的书籍编辑佐佐木典士在《我决定简单地生活》（2015）一书里提倡，并且通过网站"minimal & ism"推广的。他写道：从前，总是拿自己跟别人比较，结果感到很惨；后来通过减少所持品，生活完全改观，甚至每天都感到"幸福"了。

在狭小的日本房子里生活，所拥有的家具、衣服等越少越好。那样子，不仅会感觉舒服，而且看起来很美。问题在于：今天的日本人大多都住在"污部屋"，即东西太多无法收拾到让人精神崩溃的环境里。所以，想要在生活中采用极简主义，他们必须从丢弃已拥有的物品开始。可见，极简主义的中心概念其实跟这些年来很流行的"断舍离""怦然心动的人生整理魔法"等相重叠。佐佐木自己，把原来花一百万日圆买来的三千本书以两万日圆的卖价让给了旧书店；然后，也卖掉电视机的时候，他在实践极简主义的道路上又上了一层楼。

精神上的奢侈

佐佐木的书成了印量达十六万本的畅销书，由NHK电视台等传播媒体介绍，极简主义引起了很多年轻人的共鸣。几乎一无所有的空间里，只放几件无印良品风格的东西生活，画面相当村上春树，能感到"小确幸"的概率应该很高。不过，也许，这是曾一度繁荣过的社会里才被接受的审美观吧。毕竟，如果是真正一无所有的穷人，首先想要拥有最起码的衣食住行所必要的东西，那是生存的必然。相比之下，极简主义可说是一种精神上的奢侈。

有趣的是，21世纪的日本年轻人提倡的极简主义，其实蛮像老祖宗千利休创始的"侘茶"之概念，以及中野孝次推广的"清贫的思想"。他写道："在东欧等经济相对落后的地方，听众不容易明白贫穷会有什么值得赞扬的。"于是中野说："清贫不等于单纯的贫穷，而是通过自己的思想和意志，创造出来的简素生活形态；比如说，本阿弥光悦和其母妙秀，若想过奢侈的生活也完全有条件，但是他们却宁可不要，而特地选择了尽可能简单的生活。为什么？正如，亚西西的圣方济各放弃金殿玉楼里的生活而自行搬进草庵，就是因为他觉得那样做才能靠近神一样。相信本阿弥母子也通过不同的文化道路，得出了同样的结论。"

有点心疼那些暴发户

2010年代的今天，在人类世界，提到暴发户，大家想到的大概是中国人吧。说起来很讽刺，因为1992年中野孝次的《清贫的思想》刚刚在日本问世的时候，在东海隔岸的中国，人们还真过着清贫的生活：大家都穿着布鞋，骑着自行车，喝白开水，早早睡觉，早早起床打太极拳，真是环保至极。然后，矮个强人邓小平的遗嘱"社会主义市场经济"动起来，中国人发展之快，我们在隔岸的日本都目瞪口呆地目睹过来了。他们先在自己的广大国家盖满了高楼，修遍了高铁，然后坐飞机、坐邮轮往外旅行，坐一排又一排的旅游车来到日本首都东京的银座大道，在名牌店、家电店、药房等，拼命"爆买"日本制造产品的热情，成为日本电视新闻节目百播不腻的主题。由日本人看来，如今的中国人有点儿像过去曾被贬为"经济动物"时候的自己，所以皱着眉头的同时，不能不觉得有点心疼。算算彼此在经济发展道路上的时差，今天的中国，开始出现类似于中野孝次的文人提倡"返璞归真"也不奇怪。

上网搜寻一下，香港好像早已没有了那家"利休"日本餐厅。少了一家日本餐厅也许是无可奈何的事，不过有些当地老字号都因为付不起越来越贵的房租而被迫关门，那肯定太可惜了。至于中环半山士丹利道，挂着中国唐代茶神《茶经》作者之名做生意的"陆羽茶室"，则一直门庭若市，实在可喜。曾经英国殖民地时代末期，我经常去那里尝菠萝味的糖醋肉块啦、柠檬鸡块啦、滑蛋虾仁啦等给外国人吃的"半唐半番"港式中餐。

这次查着资料我才得知，关于"利休"（Rikyu）这名字的来源，有一个说法就是取自"陆羽"（日文读音：Riku-u）的。乍听感觉颇有可能。不过，"利休"两个字所传达的精神，跟他创始的"侘茶"重视简素简略之境地相通，才是重点所在吧，换句话说就是中野孝次所说的"清贫的思想"。现在我觉得，那个香港朋友说得真对。他说"日本人很谦虚"，其实就是"傻到不可救药"的意思了。果然它没能持续多久，如今成了历史，我要在此写下来做个纪念。

卷四
穿越国境

再见度假地！南洋有历史与故事

> 通过山崎朋子和艾格尼丝·凯斯两位女作家的著作，在我眼里的南洋，从单纯的度假地变成了有历史、有故事因而要重复拜访的地方。

说到马来西亚的沙巴州山打根，也许还有人记得1970年代的日本片子《山打根八号娼馆——望乡》，曾经在改革开放初期的中国风靡过一时。那是女作家山崎朋子的纪实小说改编成电影的。在影片里，女明星栗原小卷就饰演了她的角色。

1932年出生的山崎朋子是日本最早期的女性史研究者之一。1973年获得非小说文学奖，成为畅销书的《山打根八号娼馆》，可说是她的出名之作。山崎在书中细述了上世纪初给卖到南洋婆罗洲山打根去的日本女孩子们之生涯。

1990年，我跟家人一起去沙巴州的亚庇度假。在东京起飞的马来西亚航空公司班机上打开的日文《周刊朝日》中，恰巧刊登山崎朋子刚开始连载的自传《往山打根的路》。标题中就有沙巴州首府的地名，我马上被勾起好奇心来，不仅当场看了那一期的文章，后来也每个星期都买来看。

原来，跟明星一般美貌的山崎朋子，青春时有过蛮惨的遭遇。她从小地方跑到东京来想当演员，跟一名东京大学生谈上了恋爱。可对方是韩国籍的学生运动家，周围的朋友们不看好他跟帝国主义日本出身的女孩子亲密来往。最后，年轻情侣为政治原因被迫分手。伤心的朋子在咖啡店当服务生糊口，不幸被偏执狂看上。有一晚，他忽然挥刀袭击，造成朋子重伤，被送到医院急救，在脸部一共缝六十八针。

她们都踏上了南洋婆罗洲之路

果然，年轻时的不幸经验使得山崎朋子对属于弱势族群的女性加倍同情。后来为日本草根女性史的研究献身大概是她自我疗愈的方法之一。作为一名记者，我容易想象：除非有格外坚定不移的意志，让老太太们讲述好久以前既耻辱又痛苦的经历是不可能的。山崎朋子因为自己身心都受过伤，所以能够理解那些老太太们一辈子不可告人的苦楚，结果写出来的文章特别真实，深刻动人。书名《往山打根的路》就点破了这一道理。

后来，我被南洋风情所吸引，开始频频去沙巴、砂拉越等婆罗洲各地，顺便找找取材自当地的书来看。其中最有名的无疑是美国女作家艾格尼丝·凯斯赢得1939年《大西洋月刊》非虚构类大奖，并卖了共八十万本的《风下之乡》。书名指位于台风地带南边、风平浪静的婆罗洲，乃船员们之间流传的外号。《风下之乡》收录了很多张作者亲手画的插图，以生动的文笔写出第二次世界大战爆发以前的1930到1940年代，在英属北婆罗洲的原首都山打根，她和当地政府林务官的英国籍丈夫，双双过的童话一般快乐的日子。那也可以说是帝国主义最后灿烂的日子，由统治阶级的英美人看来，半裸的土著和精明的华籍工人几乎跟热带雨林里的巨大植物和大小动物一般无邪可爱。

艾格尼丝是美国企业家的女儿，在加州好莱坞长大，毕业于伯克利大学。结婚去山打根以前，她曾做过《旧金山纪事报》的记者。那可是俗称爵士乐时代的1920年代。她好比小说家弗朗西斯·菲茨杰拉德的太太泽尔达一般，是一名前卫勇敢的女孩子。然而，好事多磨，有一天她由报社一楼的旋转玻璃门出去的时候，迎面而来一个瘾君子，挥着工具猛力往她头部打了好几下，使得艾格尼丝严重受伤，在完全康复之前需要疗养好几年。

我的天！在日本写山打根最有名的女作家和在美国写山打根最有名的女作家，怎么时隔三十年，也隔着无边无际的太平洋，遇到如此这般相似的悲剧？而什么原因叫她们后来都踏上了南洋婆罗洲之路？这叫巧合吗？现在，艾格尼丝·凯斯故居是山打根最受欢迎的景点之一；至于日本游客，也有不少要参观山崎朋子在《山打根八号娼馆》的续集《山打根的墓》里写到的日本人墓地，那里至今埋葬着无家可归的妓女们。

值得一再拜访

艾格尼丝故居展览着二战之前就出版的日文版《风下之乡》；果然她文笔也吸引了不少日本人。谁料到，没几年工夫，攻击了珍珠港以后，不久也占领山打根，把包括艾格尼丝和她丈夫、儿子在内所有英美人都关起来的日军士兵里，也有好几个她的读者，包括全婆罗洲战俘收容所所长菅辰次。他战后在澳大利亚军的管制下，刎颈自杀死了。战争期间，艾格尼丝被关在现砂拉越州首府古晋的收容所时留下的纪录《三人回家》（*Three Came Home*），战后被拍成了好莱坞电影《万劫归来》。

艾格尼丝·凯斯和日本的因缘，其实持续到了1970年代。他们夫妻应日本官方机构国际交流基金会的邀请来访，还特地去广岛寻找过菅辰次的遗属。另外，过了七十岁，她在平生写的唯一一本小说《亲爱的外国人》（*Beloved Exiles*）里暴露了那童话一般的《风下之乡》绝不能公开的秘密。原来，奉职于殖民地政府的英国人，很可能包括她丈夫在内，都在正式结婚之前从当地娼馆找来女孩子同居。猜猜那些女孩子到底是谁？就是山崎朋子在《山打根八号娼馆》以及《山打根的墓》里详述的，才十岁左右就因为家里贫穷，从九州天草、岛原等离岛给老远卖到南洋去的阿崎等日本女子呢！

后来，我几次重访南洋，在不同的地方如古晋、怡保、槟城等地，都看到20世纪初曾在当地生活的日本妓女们的足迹。她们的骨灰至今都在南洋，因为没有人愿意带回家乡去。再说，即使带回去也不一定被家人接受。还好，如今住在当地的子孙一辈同胞中，部分有心人出钱出力维修着古老的日本人墓地。通过山崎朋子和艾格尼丝·凯斯两位女作家的著作，在我眼里的南洋，从单纯的度假地变成了有历史、有故事因而要重复拜访的地方。

再见海南鸡饭！来份虾鸡丝河粉和芽菜

> 我们等待许久的虾鸡丝河粉终于送来了。汤头浓厚，河粉则特别滑润，吞下去的感觉很舒服，跟炒芽菜一起吃下，味道真不错。

最近去一趟马来半岛，走了槟城、怡保、吉隆坡。槟城是世界文化遗产，吉隆坡是首都，可我印象最深刻的倒是怡保。

马来西亚第三大城市怡保，七十万人口，仅少于吉隆坡和槟城，位置又在吉隆坡和槟城的正中间，坐铁路往返很方便。怡保也是马来西亚著名的美食之都，尤其是芽菜鸡的名气很大。那基本上是海南鸡饭加了炒芽菜，至多把鸡汤和鸡饭换成了鸡汤河粉而已。有什么特别？大家都说怡保水质超好，因此芽菜长得特白特肥，非常好吃。说得没错。我就是觉得好幽默：炫耀芽菜品质的地方，应该相当少吧。全世界，除了怡保以外，还有别的地方吗？

我几年前去马六甲时参观了郑和文化馆，里头有关于海上生活的实物尺码模型，包括从非洲带回来的长颈鹿在内。叫我刮目相看的是，明代中国人长期航海，居然在船上种芽菜吃，无非是为了补充海上难得的维生素吧。我刮目相看，是因为日本人到了公元19世纪末还不懂维生素的重要性；尤其是在军队里，伙食中缺乏维生素B导致患脚气病的频率特别高，仅仅在1904年、1905年的日俄战争中，竟有二十五万陆军士兵生此病，其中两万七千人丧命。当时的陆军军医总监是在日本近代文学史上跟夏目漱石比肩的文豪森鸥外。他是留学德国的大知识分子，然而始终错误地认为脚气病是细菌引起的，一辈子都不肯接受营养学家的意见。郑和比森鸥外超前多少年啊？五百年！

耐心等待虾鸡丝河粉

对于三保太监一行在船上种植芽菜吃的印象极其深刻，我这次在怡保吃到芽菜鸡，不能不连拍大腿叫好。在热带，水果如榴莲、芒果、山竹、西瓜等非常丰富，但是青菜则比较少。为了补充维生素，定居南洋的炎黄子孙们果然一代又一代地吃芽菜生存下来，多不简单！在怡保，供应炒芽菜的不仅是老黄、安记等驰名的芽菜鸡店，连在咖啡店坐下来，老板娘都很自然地问道：要不要吃芽菜？

那是怡保数一数二的老字号天津茶室的老板娘。当我们成功地抢到位子坐下来，她就走过来问："要喝什么？"南洋咖啡店的规矩是，东家专卖饮料等几样东西，其他食品则由铺子里摆的摊子各自出售。天津茶室的焦糖炖蛋，即鸡蛋布丁，闻名全马；但那是甜品，我们习惯于饭后再吃。能否先尝尝一样著名的虾鸡丝河粉以及猪肉沙嗲？老板娘回答说："河粉要等很久的，大概需要七八个字（粤语：三十五到四十分钟），要不要吃隔壁卖的鸡饭？"我则摇摇头道："你们的虾鸡丝河粉很有名，所以我们慕名而来的，即使要等也想要吃，好吧，先来两个焦糖炖蛋吧，再来一瓶嘉士伯给老公喝，小孩要喝冰美禄，我呢喝热咖啡C就行了；是啊是啊，不是咖啡O而是咖啡C。"南洋人喝咖啡特别讲究；光是热咖啡，饮料单子上就有咖啡、咖啡O、咖啡C，分别含炼乳、糖、糖和牛奶的。然后，老板娘就很自然地问道：芽菜呢，要不要吃？于是我回答说：好啊好啊，来一盘吧，怡保的芽菜闻名全马。

这时大概下午一点多，铺子里完全没有空位。虾鸡丝河粉摊子的老先生，一心一意地把鸡肉切成丝，但是年纪大了，手脚比较慢，我们要尝据说口感无比滑润的虾鸡丝河粉非得耐心等待不可。

天津茶室的武夷蛋茶

天津茶室是1944年开张的老字号，店前挂的横额招牌很古老，整个店铺都富有历史感，墙上挂的大镜子给人20世纪初的感觉。一家南洋咖啡店为什么要用华北城市天津的地名？我查来查去都查不出其所以然，只好猜想：当年天津是跟香港、上海同一级的繁华大都会，在南洋，华北城市的名字可能进一步散发出异国情调的。果然推出来焦糖炖蛋这样充满洋气的甜品。

我们的桌子上摆了大瓶嘉士伯啤酒、大杯美禄、热咖啡、炖蛋、沙嗲以及一碗花生酱，场面乱得可以。然后，有个老太太主动走过来推销自家制造的食品说："旁边桌子的小姐们都在吃呢，很好吃的，要不要试一试？"我不明白她到底卖什么东西，因为她讲的是我从没学好的广东话。好在怡保的物价很便宜，她卖的炸鸡卷两条才九块马币，而且蘸着红色甜辣酱吃，味道还不错。

都什么时候了，虾鸡丝河粉还没有做好。我的热咖啡早就喝完了。虽然在南洋吃东西喝甜咖啡很普遍，但是我觉得口渴，这回想喝点不甜而冷的饮料。于是跟茶室的另一位老太太服务员说："要唐茶，冰的，谢谢。"我是在墙上的菜单里看到了"唐茶"才点的。未料，给送来的是黑色热水里半淹没的煮鸡蛋，拿汤匙尝尝，果然特别甜。再往墙上菜单看，这应该是"武夷蛋茶"。我忽然回想起来，在上世纪80年代的上海，有当地朋友的母亲请我吃热呼呼的糖水煮鸡蛋，以彼时标准，该算是高档的食品。然而，当年的日本女大学生，深信煮鸡蛋只能搁盐吃，一旦泡在糖水里，就怎么也吃不下了。我后来被一同去的中国朋友骂了一顿：不礼貌。三十多年以后，我对那次的失败仍觉得愧疚。这天在南洋怡保无意中邂逅的"武夷蛋茶"，我得勇敢地吃下去，算是挽回旧案。说到底，茶、糖、鸡蛋，个个都是挺熟悉的食品，没有道理放在一起就不能吃。

回味无穷，想再去怡保

我们等待的虾鸡丝河粉还没做好。星期二下午一点半，老公已经叫了第二瓶嘉士伯啤酒了，也跟京剧演员模样的大师傅多要了十根猪肉沙嗲。那师傅的眉毛往上翘着，应该是每天早上照着镜子用发蜡捏的。天津茶室里摆的摊子不多，只有虾鸡丝河粉摊子、牛腩粉面摊子、鸡牛猪沙嗲摊子、港式点心摊子而已。卖炸鸡卷的老太太还站在收款处旁边看看有没有机会做生意，另外有一个华人女子和两个印度男子走进来开始推销商品。华人女子卖的是毛巾和运动裤，果然没有人在茶室里购买这种商品。一个印度男子卖圆珠笔等文具，另外一个则卖励志影碟之类；出乎我意料，旁边桌子穿西服的两位绅士陆续打开钱包买下来了。南洋咖啡店真有趣，坐着等待虾鸡丝河粉，简直跟看戏剧一般。

怡保是富有戏剧感的城市。这里的居民都很随和，跟什么人都很自然地搭起话来，好比是电视连续剧的登场人物那样，而且他们用的语言五花八门：马来语、英语、普通话、粤语、客家话，以及我不知道确切名字的印度语言等。怡保旧市区和新市区——用当地的叫法是旧街场和新街场——间隔一公里左右，其实两者都相当古老，处处可见废墟。一整排的南洋骑楼店屋建筑外边用彩色油漆刷着，感觉挺像电影布景，何况到处画着职业水准的壁画。到了晚上，街边挂的大红灯笼点起来，更像是走进了宫崎骏导演的动画片《千与千寻》里似的。

我们等待许久的虾鸡丝河粉终于送来了。汤头浓厚，河粉则特别滑润，吞下去的感觉很舒服，跟炒芽菜一起吃下，味道真不错。怡保的美食个个都很淳朴，显然没有加化学调料等，再说价钱完全合理，可谓名副其实的物美价廉。在怡保天津茶室待的两个小时，好比看了一场戏一样，而且是特别好看的戏，叫人回味无穷，若有机会一定想再去。

再见进步作家！斯坦贝克写纪行受欢迎

> 我喜欢做记者，因为"无知"是工作的前提，不必为此羞愧，只要努力去学即可。而且即使在之前根本没接触过的领域里，都一定有叫我大开眼界的知识等着被挖掘。

身为职业文人，有时会接到意想不到的差事。这次来自日本约翰·斯坦贝克协会的邀请算是其中之一，该会要我在静冈大学举办的学会上做个报告。斯坦贝克？是美国作家吧？好像得过诺贝尔文学奖，对不对？请问跟我何关？

原来，这次学会第二个研讨会的题目是"眺望萨利纳斯外的斯坦贝克"。萨利纳斯是美国加利福尼亚州的小镇，乃斯坦贝克的家乡，也是他多部作品的背景。讲台上，除了我以外，全是斯坦贝克专家，均要讨论他作品中的外国，如英国、墨西哥等。本来，要讨论在斯坦贝克作品中的中国，华人才合适。然而，协会方面似乎没找着合适的发表者，于是这差事便轮到我这个外行。我不敢在众专家面前讨论斯坦贝克的作品，但是讨论中国也许还勉强可以。

好在我是新闻记者出身，不管是什么题目，进行调查发表报告属于本行。于是一方面向日本亚马逊订购斯坦贝克小说，另一方面上网查查从过去到现在的中国读者、研究者是如何接受这位美国作家作品的。幸亏，他的作品很多都被好莱坞拍成了电影，例如，《愤怒的葡萄》《人鼠之间》《月亮下去了》《伊甸之东》比比皆是。统统看了一遍，很快就对他的作品世界有整体印象了。

我喜欢做记者，因为"无知"是工作的前提，不必为此羞愧，只要努力去学即可。而且即使在之前根本没接触过的领域里，都一定有叫我大开眼界的知识等着被挖掘。这次叫我大开眼界的是，当1940年中国文学界、出版界开始译介斯坦贝克作品的时候，那些刊物、出版社大多都在重庆、桂林。为什么？不外是为了回避日本侵略军的魔爪。之前，中国出版界的首都在上海，可是抗战爆发以后，随着国民政府迁移到武汉、重庆，很多民间机构都迁移到位于长江上游的内陆城市去了。至于桂林，也是当年众文人避难去的地方。那趟艰苦的迁移，我以前在老上海电影《一江春水向东流》里看过而印象颇深。

斯坦贝克的小说特别能引起共鸣

中国的近代史始终跟侵略战争分不开，这一点我早就知道。然而，原来连美国文学在中国的接受都直接跟抗战有关。看着抗战时期的中国地图,政府和人民在日军的侵略下逐渐被迫往西逃的模样,像什么?是极像在斯坦贝克作品《愤怒的葡萄》里,被旱灾和大农业集团的跋扈迫使离开原来属于自己的土地,往西岸"允许之地"加州迁移的美国中部俄克拉何马州的贫农。1930年代的美国,有经济大萧条的大环境,一点也没良心的原始资本主义剥削贫农到拼命工作都吃不饱饭的地步。斯坦贝克是亲眼目击那人间地狱以后,以笔提出抗议来的。未料,那些基层美国人的处境,跟几乎同一时期在日军侵略下失去生活基础的广大中国人民那么相似。果然,当年的中国文学界,视斯坦贝克为进步作家。

再说,1942年作品《月亮下去了》更描绘了被德军占领的北欧小国人民尝到的苦难,直接跟在地球另一端的中国,被日军侵略而受折磨的中国人民之苦难共鸣。结果,原作问世的翌年,重庆、桂林等地共出现了六种中文版。当年的中国人认为,斯坦贝克不仅是同情无产阶级的进步作家,而且是明确反对法西斯的作家。因此,直到解放前夕,他的多数作品都被翻成中文出版。

1950年以后,由于中共和苏共的蜜月关系,被译介到中国的外国文学作品,一时变得以社会主义写实小说为主,反之,美国成为中国的头号敌人。斯坦贝克有包括《愤怒的葡萄》在内的"工人三部曲"证明政治立场,然而在越来越"左"的政治气候下，一切西方文学都逐渐被视为会污染中国人思想的"毒草"。据《月亮下去了》的译者之一，原上海良友图书公司编辑赵家璧写的《编辑忆旧》，从60年代到70年代的浩劫时期，曾翻译过二十余部外国文学作品包括斯坦贝克《人鼠之间》的罗稷南就被迫害至死；他莫须有的罪名是美国文化特务。不必说，遭到类似厄运的远不仅他一个。赵家璧写道：曾为我编辑的《美国文学丛书》出力的二十来名文人无一幸免。不过，他也没忘记指出：曾代表美国政府为丛书的出版协力的著名学者费正清，在1950年代的反共麦卡锡时代也被怀疑通敌，多次被叫到美国参议院审问过。

如今，在中国亚马逊等网络书店，不仅能看到装订美丽的《愤怒的葡萄》《人鼠之间》《月亮下去了》等斯坦贝克早期的代表作，而且他后期的作品如《烦恼的冬天》《伊甸之东》也被译介。有趣的是《查理与我：斯坦贝克携犬横越美国》《斯坦贝克俄罗斯纪行》等非小说作品也受当代中国读者的青睐，显然跟目前中国的旅游热、宠物热有关吧。文学作品会有离开了作者甚至超越时空的单独命运。2010年代的中国读者们，跟七十年前的前辈们，在截然不同的环境里认识斯坦贝克的作品，我觉得实在可喜可贺。

我这次应日本约翰·斯坦贝克协会之邀，赴学会做题为"斯坦贝克与中国"的报告。为此准备的过程中，有机会从

1940年代中国出版界人士的角度看一个美国诺贝尔文学奖得主的一系列作品，个中充满着深刻的发现，希望能为日本的美国文学专家们提供些新的信息。

再见方言！唔得！

> 如果有人像小时候的我一样，在母语环境里觉得喘不过气的话，他们就可以离开那小小或者不大不小的胶囊，往广大世界出发。

标准日本语的产生

如今日本全国都通用"标准语"，即以东京话为基础的日语普通话。可是，在1868年的明治维新之前，情况是很不一样的。德川幕府治下的日本，分两百几十个"藩"，由各自的"大名"即诸侯统治。"藩"相当于国中之国，各个藩的居民都讲自己的一套语言，彼此之间的区别很大，互相不通。甚至有语言学者说当年日本各"藩"语言之间的关系，跟现在欧洲各国语言之间的关系差不多。只是，在封建体制下，人们交流的机会不多，因而没出现大问题。

到了19世纪中叶，以美国为首的西方列强纷纷出现于日本周围，要求建立通商关系。说要通商，人家却是带枪带炮的，而且老大清朝被红毛欺负的消息传来，吓坏了东瀛人。统治日本两百多年之久的德川政权，没有能力对付燃眉危机。这时候，萨摩藩、长州藩、土佐藩、肥前藩等，日本西南部各藩有为青年辈出；他们要先联手打下德川幕府，然后协力建设统一的近代化国家。"萨长土肥"等倒幕派跟守旧佐幕派打起来，最后由萨摩藩出身的西乡隆盛出面，跟拥护幕府的江户武士胜海舟谈判，成功地达成了江户的无血开城。问题在于封建日本既没有科举，又没有相当于中国"官话"的共同语言。那么，来自九州最南部萨摩藩的西乡跟老江户胜海舟，究竟用什么语言谈判的？综合各专家的意见，好像是：关键问题上用了"笔谈"，也偶尔说出文言文，为了克服各自腔调之不同，借用了能剧对白的调子。当年日本武士阶层用的文言文，乃原先把汉文用日语直译时用的所谓"训读文"，几乎全用汉字，但文法接近日文，也掺杂了点日文助词之类的。

那种鸡同鸭讲的情形很难一下子改变过来。明治维新后，新政府推行"废藩置县"政策，建立起中央集权国家来，旧江户翻身为新首都东京，连从公元8世纪末一直住在京都的天皇家都搬过来了。在这个新时代，若要制定通用全国的国语，该以哪里的语言为标准？东京？还是京都？一下子无法达成协议。过了三十多年，终于有了结论：官方认可的"国语"，要以东京山手地区知识阶层语言为标准。东京山手曾是诸侯在江户的宅邸区，进入明治时代后，"萨长土肥"出身的新政府官员们纷纷住进去。可见，近代日本的

"国语"有两个渊源：胜海舟讲的江户话，以及西乡隆盛等带来的西南武士话。

明治三十三年（1900年），日本政府发布《小学校令》，把既有的"读书、作文、书法"课改为"国语"课。这就是"国语"一词在日本国内官方文件上出现的初始。1902年，文部省（教育部）组织"国语调查委员会"，使之"调查方言并选定标准语"。1903年，第一本国定教科书《寻常小学读本》问世，可那还是半文半白的半制品。到了1910年的第二版，终于全用起白话文来，从此要推行言文一致的"国语"了。正如美国的著名政治学者安德森在《想象的共同体》一书中所写：在世界上很多地方，国家、民族、国语都是到了近代才被想象出来的。江户时代的日本人，生活在小小的"藩"里。若生长在萨摩藩，那就一辈子讲萨摩话过日子，以为自己是萨摩人，根本没有日本国、大和民族、国语、标准语等概念。恰如国歌、国旗一样，都是为了打扮成近代化国家，效法列强匆匆充数的舶来品。

具有讽刺意义的是，1894年（明治二十七年）打起甲午战争之际，很多日本人才知道自己属于什么国家。根据《马关条约》，清朝把台湾割让给日本；接收美丽岛的总督府，在第一任学务部长伊泽修二的指挥下，1896年就在全岛十四个地方开设了"国语传习所"。那可是比日本内地的小学真正开始传授"国语"还早十多年的事情。

在日本国内推行言文一致政策，首先通过小学教育普及了书面语，然后要使之变成全国上下通用的口头语。至于标准腔调，当1925年日本放送协会开播之际，聘请的第一批二十五名播音员，名副其实是榜样了。播音员的报名资格是本人和双亲都出生于东京，并且在"山手"长大而没有"下町"（老江户）口音。可见，明治维新五十七年以后，西乡隆盛终于彻底打败了胜海舟。从超过七百个应征者中被选拔出来的二十五个人，受了专业训练以后，就分配到全国各地去。在台湾，1928年台北放送局、1932年台南放送局、1935年台中放送局、1942年嘉义放送局、1944年花莲放送局陆续开播，让当地人听到标准日语的腔调了。

方言对白令人难忘

我在1962年出生，懂事的时候家里已经有黑白电视机了，不久就被彩色电视机取代。电视上说话的人都说日本"标准语"，跟学校老师讲的一样，而且我住在东京西部靠山手的地区，家人邻居说的话也差不了多少。只是，东京东部下町地区出身的母亲有下町口音；具体而言，她不会发"hi"音，说起来就变成"si"。母亲在哥哥婴儿时用的衣橱上，用油漆喷他名字果然就喷错了。为了好看，她特意用罗马拼音写名字；本来写成"hiko"（彦）才对，但是边说边拼的结果，却写成了"siko"。后来被指正，母亲尴尬至极，可是用油漆喷的，无法擦掉后重新来一次。

　　小时候看的电视节目中，有些连续剧以外地为故事背景，登场人物说方言对白。记得有一个连续剧叫《厉害的家伙》（どてらい男，1973—1977），乃根据花登筐写的小说改编，由歌星西乡辉彦饰演主角山下猛造。他年纪小小就从乡下来大阪打拼，经努力最后成为著名的实业家。果然在戏中，大多对白为大阪话，由东京人听来稍粗鄙，不过实在蛮特别，令人难忘。还有一个连续剧叫《细腕繁盛记》（1970—1971），也改编自花登筐的小说，以伊豆半岛热川温泉旅馆的儿媳妇关口加代为主角。善良的加代被婆家人欺负，尤其小姑心眼儿特别坏，动不动就用难听的伊豆方言挖苦她。将近半世纪过去了，我仍然对饰演小姑的女演员富士真奈美印象深刻，不外是方言对白充满着冲击力所致。尽管如此，现在回想那些方言对白，大概只是在"标准语"的基础上加了点儿当地特有的助词，然后把整个句子用稍微当地化的音调说了一遍而已，因为如果真正用起方言来，大多数电视观众都会听不懂。

母语和国语

　　东京人往往以为东京就等于日本，实际上是大错特错。九州福冈县立大学有位社会学专家冈本雅享写过关于日本国语和方言的论文。他生长在日本海边岛根县出云地区，即国宝出云大社的所在地，在日本古代史上是非常重要的地方，却在近代以后一直受冷落。他在文中引用的出云方言，由其他地方的日本人看来、听来都根本无法理解。也不是出云方言特别难懂。身兼小说家和剧作家的井上久在小说《国语元年》中用了西乡隆盛的故乡萨摩方言，拍成电视剧的时候附上字幕播放；结果，连同样在九州的福冈县大学生都异口同声地说："根本听不懂。"叫他们更加吃惊的是，原来班上有一个萨摩（现鹿儿岛县）出身的同学，竟然全听懂戏中的萨摩话对白。冈本从两个角度提出问题：首先，日本各地本来有五花八门的方言，互相不通，但都基于当地固有的文化历史。可惜，在近代化的过程中被迫靠边站。结果，不仅方言本身，而且相关的文化历史都面临消灭危机。其次，明治维新后一百五十年，如今的日本人都会讲标准国语，可是他们不仅失去了说听方言的能力，而且忘记了日本各地包括他们自己的家乡，都曾经有过独特的文化历史。也就是说，日本人对方言，连失去的记忆都差不多失去了。

国语始终是政治的产物，在它的进攻下，方言难以生存。其中一个因素，是方言一般没有规范化的书写法。虽然日语有平假名和片假名两套表音文字，原理上什么音都能够用笔记下来，但是在众多日本方言中，目前只有冲绳话常用假名给表示出来。这是当下日本只有冲绳人，至少在文化上——有些人连在政治上——都主张独立于主流日本所致。同时，在我印象中，冲绳人说的日本国语往往很纯，没有当地口音。这叫人思索：是否他们在学校学国语的时候，老师特别严厉、高压？正如在中国台湾，去台东、兰屿等地，能听到原住民讲很纯、没有口音的中文国语一样。

在江户时代的日本，书面语和口头话是分开的，而口头话又是因地不同、五花八门的方言。当20世纪初推行"国语"的时候，首先把书面语从文言文改造成白话文，并且以小学教科书的形式传播到全国各地去。然后，再鼓励各地的老师、学生们，一步步用那形式去朗读、写作文、朗诵，而后也慢慢用之去讲课、开会、发表意见，同时也逐渐限制甚至禁止使用方言，直到全体国民都能够用"国语"流利沟通为止。换句话说，所谓"言文一致"在日本，早期并不是"我手写我口"的，反之是"我口说我手"。当年，对大多数人来讲，"国语"是第二语言，被入侵的口头话才是他们的母语（第一语言）。母语和第二语言的学习过程显然很不一样；母语是小朋友在长大的过程中，受家人、亲戚、朋友、邻居等周围人的影响，自然而然学会的。第二语言倒需要通过上课、看书等人工渠道来学习。今天的人把广播、电视当作娱乐的工具；早期却明显带有教育功能，因而公共电台的播音员非得会操标准"国语"不可。

在中文世界，大家都是双语、三语人

我在北京留学的时候，上课学的当然是现代汉语普通话，跟中央台播音员说的一样。可是，有个刚从北京大学中文系毕业的年轻女老师，深信普通话该跟北京话完全一致，因而把发音抓得特别严格，要求我们学会用北京式的儿化音说"胡同儿"。后来回想，我每次都觉得特别好笑，因为那本来是蒙古语"水井"的意思，乃忽必烈的部队入侵关内建设元大都时带来的外来词。所以，全中国只有北京有那么多胡同儿。什么金鱼胡同儿、黑芝麻胡同儿、月光胡同儿、花枝胡同儿，等等，虽然我觉得蛮可爱，但是怎么也不至于为了那结尾的"儿"音，为难外国学生到挤出眼泪来吧？

当年有一次，一个当地朋友带我去了在胡同儿里的大杂院住的姥姥家。老人家是老北京，所说的北京话跟课堂上教的又不一样，很多名词都猜不到有什么来源，也好像没有办法用汉字写下来，说不定还是来自蒙古语。

很多日本人都对我说："听说中国话有好几种吧？你学的是哪一种？"

也有不少人问我："是否台湾也讲中国话？"

话要说来会很长，人家也不一定愿意听下去，所以，我一般拿一个小花絮当答复说：

"我的中国话是在中国大陆学的，到台北说一下，好像计程车司机都嫌粗鲁的样子，所以故意说得温柔一点，才比较像台湾人说的中国话。"

那可是事实。虽然我用的词汇该没什么粗鲁，但是语气啦、态度啦，还有嗓门大小啦，似乎属于大陆模式，会吓坏岛屿住民。

记得当年我从北京转学到广州去，发现羊城的共同语言是广州话，电视上的普通话节目则带着中文字幕。上课听老师说话，我只听懂一半，因为当年广东人说普通话的口音特别重。还好有当地学生安慰我道："没关系，我也只懂七成而已。"

在中文世界，大家历来是双语人、三语人。普通话是多数人的第二语言、第三语言。例如，在广东省顺德市的国际旅行社前台工作的小姐，一会儿跟我讲普通话，一会儿跟同事讲顺德话，一会儿接电话讲广州话。如此这般的情况下，懂得七七八八就是七七八八了，要求每个人对三种语言都掌握得百分之一百是不切实际的。

有趣的是，对普通话发音很随便的广州人，聘请外语老师的时候却特别计较。记得中山大学日文系有一位老师，期中就要去日本留学，于是跟行政人员一起来到留学生楼，找找代课老师。他们提出的条件就是：生长在东京，会说道地东京话。果然跟NHK当初征募播音员时一模一样。幸亏，我能满足他们的要求。那位老师当场就打开自己的钱包，把一叠现钞塞给我，然后逃之夭夭了。我就那样当上了几个月的代课小老师；未料三十年后有旅居澳洲的老学生通过台湾出版社跟我联系，还有我当年跟他们一起拍的照片等，不亦乐乎！

广州街头的共同语言是广州话，而在中国，北方人和南方人之间的竞争意识也相当强。北京人和广州人，关于北京烤鸭和广式烧鹅哪个好吃就争论不休。记得有个干部模样的中年先生，从北方来广州出差，听不懂商店售货员说话，气急败坏地大声骂出来道："哪儿有中国人不说中国话的？"

那位粤籍售货员小姐回骂得很漂亮："唐人讲唐话，有咩事？"

我把那些关于语言的小故事串起来写成短文，寄给当年连载专栏的NHK电视中文讲座课本编辑部。未料，有个日本旅行社老板，看了以后很不高兴，因为他正招募日本学生去广州学普通话。他说，看了我写的文章，日本学生会认为广州学普通话的环境不好。我倒觉得，语言环境复杂，对学中文来讲说不定是优势；因为普通话本来就是在多语言环境里的共同语。反正，要学纯正北京话的人，会直接去北京吧。可是，到了北京，跟当地老师学的又说不定是蒙古语呢。

国语、闽南语、客家话、日语、原住民语

我上大学开始学中文的时候，正好掀起了中国台湾新电

影风潮，日本也公映侯孝贤、杨德昌等人的作品。关于新电影，日本媒体报道说："作品里使用闽南语是政治上的突破，因为之前国民党政权强力推行国语，严格限制了闽南语的使用。"那样说，现在看来其实不够全面，毕竟台湾在国民党统治时期也拍过很多闽南语电影。不过，当年我自己也没懂那么多。说实在，多数日本人看了台湾影片都无法分别哪个台词是国语，哪个对白是闽南语。我等学中文、教中文的，虽然能辨别出国语来，但是国语以外的对白，究竟是什么语言并不一定很清楚。

例如，侯孝贤的作品《冬冬的假期》里，冬冬婷婷两兄妹暑假里从台北到乡下外公家去。那里的人不大讲国语，尤其是外婆对外孙、外孙女一直讲当地话。那究竟是什么话呀？既然在台湾乡下，该是台语没错吧？如果是台湾当地的影迷，自然会明白小兄妹坐火车去了苗栗，那儿是台湾客家大本营之一，外婆讲的当然是客家话了。然而，在日本呢，我们始终被蒙在鼓里。在侯导跟着拍的《童年往事》里，主人公阿哈的奶奶说话不被当地人理解，那又是什么语言？其实，侯孝贤自己做旁白说得很清楚：他们家是广东梅县人，只是日本人也不知道那儿是著名的客家地区。

"等等，客家是什么？那是汉族还是异族？"

唉，话要说来又会很长呢。

《童年往事》是跨时代的故事。小时候各个讲客家话的侯家孩子们，长大以后连在家里都讲国语，跟外边孩子们混的阿哈则大声唱起闽南语流行歌曲来，果然成长为三语人了。在台湾新电影作品里，通过语言的变迁传达很多背景消息，可惜外国影迷一直没法懂，因为字幕不分不同语言。在杨德昌导演的杰作《牯岭街少年杀人事件》里，主人公小四的父母在外省人圈子里讲上海话；建国中学的师生们都讲国语；跑到台南去避风头的哈尼，回来时学会说闽南语，叫台北的外省孩子们刮目相看；晚上在巷子里卖包子、馒头的老头子则带着山东口音，正如在《冬冬的假期》中一个人照顾弱智女儿寒子的父亲一样。各个语言都好比是符号，不仅表达他们的出生地和政治背景，而且表达共同的遭遇和超乎个人能力的命运。当年台湾地区的观众看了就会明白，可是外国人根本无法分别，至于中国大陆或其他地区的华人，即使能辨别出不同的语言来，也不一定明白各个符号所指的内容吧。

直到《海角七号》在日本上映，此间观众才第一次知道，原来在中国台湾影片里出现国语和闽南语等不同语言的对白，是因为发行公司在日文字幕的闽南语对白前边加上了黑点，以便使观众知道登场人物正在讲什么语言。魏德圣导演把国语、闽南语、日语三种语言的对白抓得特别好。闽南语是他母语，对白写得特别自然，跟国语的转换也合情合理，可见他是真正的双语人。更加难得的是魏导对日语对白的操作也很出色。我有机会跟他对谈而发现：其实他本人不会讲日语，连谁做的日语翻译都不记得。那么，日语对白好是碰巧的吗？估计也不是。他这一代台湾人是听祖父母讲日语长大的，受国民党教育长大的父母一代则反感，犹如《多桑》里的老爸和他儿女。魏导属于孙子女一代，从祖父母处接到的跨世代之谜由他们去解答，个中有亲情起的神秘作用，或许该说奇迹吧。

香港粤语经验

我学中文学得算顺利，但是学粤语则面临很大的困难。在广州中山大学待的一年，我选修了为留学生开的粤语课。几年以后去香港定居，也到香港大学报名粤语课。可是，在珠江三角洲住了总共四年半，我的粤语一直处于"只系识少少"的地步。只有跟计程车司机喊"北角渣华道"、在茶餐厅喊"公司三明治同埋冻咖啡"才有点信心。

住香港的大陆人、台湾人很多都说："我是看电视学会粤语的。"

这个我倒觉得挺困难的。我学英语、中文普通话是上课、看书、查辞典学的；可以说是学习第二、第三……语言的正规渠道。反之，看电视学比较像母语的学习过程。当年香港电视台的粤语节目都没有中文字幕；我一个人傻傻地坐在电视机前，孤独地观看搞笑节目而不知道有什么好笑的，好像自己变成了无力而凡事被动的小娃娃，实在打不起精神来。虽然新闻节目有主题字幕，但要是有哪条新闻看来有意思，我就想要全看懂，于是匆匆换到英文新闻节目去，结果又一次失去了学粤语的机会。

我后来看有关第二语言习得的研究结果得知，小孩子是不会看电视学外语的。有人跟他们讲外语，他们就学得会；光是放着外语的电视节目则学不会。是习得语言时需要有对话的过程所致。所以，聋哑夫妇的家庭里，放着电视节目孩子也学不会语言。那么，成年人看电视学习又怎么可能？估计，他们边看电视边在脑子里进行语言比对以及分析，结果在脑子里产生类似对话的过程。那我又为什么不会？

看来，我学不会粤语有几方面的原因：

第一，在当年香港，会说英语、普通话就可以生活下去。英语是当年英国殖民地的官方语言，什么机关、大企业接待处都一定讲英语的。华人社区里，虽然粤语占有主流地位，可是也有不少来自各地的华人，或者在学校学过普通话的香港当地人，我讲普通话，在很多场合都过得去。只有一次，在北角渣华道的洗衣店，工作人员既不讲普通话又找不出我叫她干洗的麻布夹克来，气死人了。还好，搬到湾仔星街以后，当地洗衣店员工既讲英语又讲普通话，而且连一只袜子都从没给我丢过。

第二，1980年代、1990年代的香港，粤语书写远没有现在那么流行，只有《壹周刊》《苹果日报》等生活化的媒体，或者漫画书里的对白，才会采用粤语书写。粤语课本的内容也以日常会话水平的口语为主。当年的共识是，正式的书面语该以北京官话为标准。结果，粤语的流行程度和粤语的普及程度之间相差很远。由外国人的角度来说，没有规范化的语言，只好靠耳朵而不能靠眼睛，所以特别难学。如今香港的大学生都在电脑上、手机上用粤语通信、写文章发表政见；那是2000年代以后，由于科技的发展才发生的情形。如果今天我居住香港，相信看书面粤语的机会可不少，对学粤语也一定有帮助。

我始终怀疑：是否以普通话为母语的中国人／华人学粤语比较容易？于是翻一翻有关第二语言习得的资料，果然有实验结果显示：会方言话者学普通话比较快。既然如此，普通话者学粤语比较快就没什么奇怪的了。根据语言神经学的研究：在我们的大脑里，母语和外语储存的地方不一样。母语是自然地、无意识地"习得"的；所以，即使不知道文法也可以造出文法上正确的句子。外语则是有意去"学习"的；所以，按照学习过的文法去造句的结果，搞不好由说母语者听来很不自然。也就是说，我的中文和他们的中文，储存在不同的地方；恐怕，拿出来要"扩充"的时候，要经过的过程就不一样。

日本人说英语之差，似乎是全世界有名的。以前李登辉当中国台湾地区领导人的时候，常有当地朋友笑嘻嘻地跟我说："李登辉说的英语就像日本人那样糟糕。"对此，我都装着无所谓而尽量用道地的发音答话道："Oh, is that so?"

根据第二语言习得研究，学会外语需要有强烈的动机；日本人生活在不大不小的岛国，能用母语读书读到大学毕业，工作机会也不算太少，渡海出国的必要不怎么大，哪儿有动机苦学外语？也就是说，日本人英语之差，并不是遗传基因决定，而是社会环境决定的。

李登辉青年时代的情形跟当代日本人很不一样：他在日治时期的台湾出生长大，到日本"内地"京都去读当年的帝国大学，显而易见是个上进心特别强的年轻人。果然，他不仅学会了当年的"国语"即日语，连日本式英语发音都学得准了。其实，他后来去美国衣阿华大学、康奈尔大学攻读硕士、博士，他的英文肯定比绝大多数日本人好很多。我自己在加拿大住了六年半，深刻地体会到：英语能力决定在当地社会上的地位。于是忍住眼泪下工夫学习，学到了去除日本口音的地步。可以说，我苦学英语有强烈的动机。

当年，我住在香港，粤语既不是母语的方言，又没有非苦学不可的强烈动机，结果没能学好也并不奇怪。然而，不懂社会上多数人用的语言，真正了解当地的社会文化、当地人的喜怒哀乐，还是相当困难的。我在香港住了三年半，可是对那座城市的印象，始终没有只住过一年的北京深刻。彼此之间的差距，好像就是语言能力的差距所决定的。

不能用粤语沟通的结果，对香港人的语言生活始终搞不大清楚，是我的遗憾。五四运动以后，中国推行了言文一致的国语（后改称为普通话）。如今在中国大陆，书写中文一定是用普通话教的。然而，香港早在五四运动之前，已经成为英国殖民地，跟中国大陆隔绝了；在学校教中文，长期都用当地通用的粤语教授。问题在于：以北京话为准的普通话和粤语，不仅词汇不同，有时语法也不一样，使得香港人写中文加倍困难。香港是口腔化很突出的社会：人们特爱饮茶，吃点心，聊聊天。当年，很多人在茶室翻开阅读花样非常丰富的左右雅俗各份报纸，而大多数报纸都登着小小如豆腐干又摆得密密麻麻的专栏。有些专栏文章，我觉得很难懂，大概是其受粤语影响程度高的原因吧。也有些专栏，我觉得容易懂，该是接近标准中文的。

多年后，我在东京见到一位很著名的香港作家。他的文章我常有机会拜读，可以说是长年书迷。对方似乎也常看到我写的文章。说互相神交已久，大概不算太过分。所以，当我们面对面地说起话来，我就不禁很惊讶，他老人家说普通话说得相当吃力。广东出生，在英美读书的老一辈香港知识分子，中英文能力都很高，但是说普通话显然是另一回事。我一时考虑改用英语沟通是否就容易些，可是要谈的是中文世界里的事情，用英语讲是很别扭的。对方似乎也没有想到我的粤语竟差到"听都唔识听"。本来约定两小时的会面，交换了好意和礼物以后，并不是没话可说，只是不知道用什么话说才好。干脆我不懂普通话的话，也许事情会简单一点，但那样子我就不是我了。可也不至于就要笔谈了吧？我们之间也没有必须完成的任务。通过一次很尴尬的会面，我重新认识到中文的普遍性：一个听说普通话都很困难的广东老人，写中文写得非常好，乃继承了长久的中国文言文传统，而并非我手写我口，叫我这个外国学生都因为看他文章而受益无尽。

官方使用语

并不是每个国家都有"国语"。一些国家既有"国语"，又有几个官方语言。例如，新加坡的"国语"是马来语，官方语言则有马来语、华语、坦米尔语、英语。把马来语定为"国语"算是给原地主面子，从族群和谐的角度来看非常重要。实际上，新加坡的法律、行政、商业都用英语进行；这不是给原宗主国面子，而是反映现实的需要。一些国家没有"国语"，倒有几个官方语言，例如加拿大。众所周知，加拿大有英法两种官方语。我本来以为他们的国民都是双语人。过去以后才知道，原来只有联邦首都渥太华以及靠近大西洋的新布伦瑞克省才标榜双语主义，要大家都讲英法两种语言。至于其他地区，则都采用要么英语要么法语的单语主义，其中采用法语的又只有魁北克一省。

在多伦多所在的安大略省，多数住民是英裔加拿大人，对于学校教的法语往往很反感。记得一位已退休的牙医竟然说："为什么要学法语？为了看饼干盒后面写的商品说明吗？"

其实在加拿大有法律规定：任何商品都该用英法两种官方语言写说明。那位大夫和夫人策划开露营车到加拿大最东边的纽芬兰岛去，看着地图发现途中要经过讲法语的魁北克省，结果为了绕开，宁愿越过美国领土而去。为什么讨厌法裔人士或者法语呢？显然没有特别的原因，像是感情不好的两兄弟一样，彼此就是看不顺眼。

也许是感情不好的缘故吧，很多英裔加拿大人都觉得学法语非常困难。我在多伦多的瑞尔森理工学院读新闻系的时候，平生第一次学法语。教我们的老师是法国巴黎来的，而不是魁北克来的，恐怕英裔加拿大人认为巴黎的法语才跟东京的日语一样标准吧。加拿大同学们则从小学开始学，都有好几年的学习经验。令人想不通的是，过了两个学期以后，我的法语水平就跟他们差不多了，应该是他们的心理抗拒很强所致吧。

暑假里，有个交换留学项目，是英裔加拿大人去魁北克学法语，法裔加拿大人则来安大略学英语。我申请去魁北克学法语，因为那是政府主办的项目，不仅学费连房租和伙食费都不用缴。换句话说，四个星期的免费留学，不是很好吗？结果呢，真是百闻不如一见。我被分配去的小村叫圣帕斯卡，居民五百人里头，只有一个中学教员会说英语。有一次，我的房东接到东京打来的越洋电话，是讲英语的。那一天我去魁北克城买东西，没在村子里。不会讲英语的房东恐慌起来，满街大喊地去找英语老师讲电话，闹了整村的笑话。有趣的是，魁北克人看的电视节目跟安大略等加拿大英语区不同，是在美国的电视节目上用法语配音的，因为他们喜欢美国多于加拿大英语区。

再见方言，被制压的母语

邻居之间感情不好，即使不是人的本性所决定，至少是相当常见的现象。其实，在日本也到处能看到邻近地区之间居民关系不大好的例子。比方说，富士山所在的静冈县，明治维新以前分别属于伊豆、骏河、远江三国几个"藩"。合并成一个县后已过了一百五十年，然而县西部的滨松市和东部的静冈市之间，至今仍有公然的对立关系。在滨松人面前提到静冈，绝不会说出好话来；在静冈人面前说到滨松，也绝不会听到好话的。

有个姻亲，听说是冈山县人，于是见到他就谈到我有一次去冈山时的经验。未料，对方板着脸说："冈山的事情，我不太理解。"

后来才得知，原来他的故乡曾在江户时代属于另一个"藩"（津山藩），果然至今没有作为冈山人的自我认同。

虽然如今在日本，标准语在全国各地都通行了，甚至人们都忘记了三代以前曾讲互相听不懂的地方话，但是对出生地的认同以及对邻近地区的敌意，则至今都没有消失。

很多国家，包括日本，都在近代化的道路上创造出"国语"来，鼓励人们对中央政府的认同。有了"国语"，推行义务教育才有可能进行得顺利。然而，在这过程中，往往发生方言被压迫的悲剧。在日本国内，北海道原住民爱努族的语言已经消灭，冲绳人则正在为保存自己的语言而奋斗。在以往的日本殖民地如中国台湾、朝鲜半岛，总督府曾强迫当地人把日语当"国语"来学习，甚至过"国语家庭"的日子，实际上剥夺了他们的母语和文化。

我本人曾自愿逃离母语环境，跑到中文、英语世界里去求避难，幸亏获得了自由的呼吸空间。可是，在世界很多地方，人们面临母语被剥夺的危机。在中国广州，人们在抗议广东话电视节目被削减。在新加坡，政府硬把官方语言说成是人们的"母语"，使得由祖先传下来的闽南语、潮州话几乎消灭，在各个家庭里，祖父母一代和孙子女一代之间没有了共同语言。虽然第二代被迫在各方面妥协，但是脱离了故土和文化，人会变成浮萍，一有条件就申请移民，然而真正能成为世界人的却始终是少数一部分精英而已。人只要有对国家的认同，就能健全地生活下去吗？

若把国语和方言对立起来，该被保护的是方言，而很多人的母语是方言，所以母语就是该受保护的。但是，如果有人像小时候的我一样，在母语环境里觉得喘不过气的话，他们就可以离开那小小或者不大不小的胶囊，往广大世界出发。那个时候，外语会成为你的跳板、指南针，也会成为你的饭碗。我就是想告诉你这件事。

图书在版编目（CIP）数据

再见，平成时代 /（日）新井一二三著 .—上海：
上海译文出版社,2020.5

ISBN 978-7-5327-8377-9

Ⅰ.①再… Ⅱ.①新… Ⅲ.①散文集—日本—现代
Ⅳ.① I313.65

中国版本图书馆 CIP 数据核字（2020）第 050547 号

图字：09 - 2018 - 1164 号

再见，平成时代

[日]新井一二三　著
责任编辑 / 刘宇婷　装帧设计 / 邵　旻

上海译文出版社有限公司出版、发行
网址：www.yiwen.com.cn
200001　上海福建中路 193 号
杭州宏雅印刷有限公司印刷

开本 787×1092　1/32　印张 6　插页 5　字数 79,000
2020 年 5 月第 1 版　2020 年 5 月第 1 次印刷
印数：0,001—8,000 册

ISBN 978 - 7 - 5327 - 8377 - 9/I · 5138
定价：39.00 元